WOOW BOOKS

PASCAL RUTER

Die Bücherhexen

LESEN AUF EIGENE GEFAHR!

Mit Schwarz-Weiß-Illustrationen
von François Ravard

Aus dem Französischen übersetzt
von Julia Süßbrich

Die Originalausgabe erschien 2022 unter dem Titel
Le Buveur de lait du crépuscule bei Didier Jeunesse, Paris.

Deutsche Erstausgabe
1. Auflage 2024

Aus dem Französischen übersetzt von Julia Süßbrich
Lektorat: Barbara Schlichtmann

Druck und Bindung: GGP Media GmbH, Pößneck
Satz: Pinkuin Satz und Datentechnik, Berlin
ISBN: 978-3-03967-020-8

www.woow-books.de

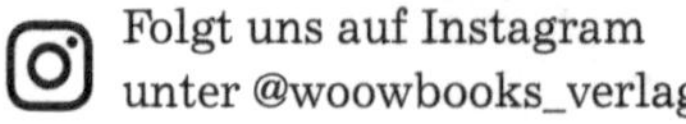

Für unseren lieben Abab.
In memoriam

Kapitel 1

Warum es von Nachteil ist, in einer Bibliothek einzunicken

Lieber Leser, liebe Leserin, ich weiß nicht, wie es bei dir ist, aber ich, ich bin verrückt nach Bibliotheken. Mir sind Bibliotheken angenehmer als Strände, Skipisten, Schwimmbäder, Freizeitparks, als jedes Restaurant oder Bonbongeschäft, natürlich wichtiger als jedes Fußballstadion und sogar, *sogar!*, als mein Bett, das ich wirklich sehr gernhabe. Um es auf den Punkt zu bringen: Bibliotheken sind meine Lieblingsorte auf der ganzen Welt. Also echt, ich verstehe ehrlich überhaupt nicht, was es Besseres geben könnte als eine Bibliothek. Wenn Madame Livre neue Bücher bekommen hat und ich diese durchblättere, reise ich innerhalb eines Nachmittags von den Tropen bis an den Nordpol und von der chinesischen Küste zum Ärmelkanal, überquere den

Atlantik, den Golf von Bengalen und die Wüste von Judäa. Ich begegne Bären, stoße auf Wölfe, schwimme mit kleinen Tümmlern und entwische Löwen, Anakondas, Quallen sowie allerlei anderen Lebewesen, die stechen, beißen, zerreißen, lähmen. Und das alles ohne jegliche Gefahr, gestochen, gebissen, zerrissen oder gelähmt zu werden, schön im Warmen in den großen Kissen der Bibliothek.

Was will man mehr im Leben, als Tausende Abenteuer an nur einem Nachmittag zu erleben? Das soll mir mal einer erklären …?

Mal ganz davon abgesehen, wie unglaublich hoch die Zahl der berühmten Menschen ist, denen man in einer Bibliothek zwangsläufig begegnet. Eines Tages habe ich hinter einem Bilderbuch sogar Gott getroffen. Er war jung und sah zugleich dem berühmten alten französischen Schriftsteller Victor Hugo und dem modernen belgischen Sänger Stromae ähnlich.

Ich weiß natürlich, dass ich nicht der Mehrheit angehöre und für die meisten Kinder meines Alters – wenn du es genau wissen willst: Ich bin zehn zwei Drittel – ein Nachmittag in der Bibliothek aufs Gleiche herauskommt wie eine lange, sehr lange, unendlich lange Foltereinheit. Schlimmer als ein Besuch beim Zahnarzt.

Die haben einfach Schiss. Und wovor? Ist doch klar, vor der Stille! Denn in einer Bibliothek redet man nicht. Man hält die Klappe. Das ist sogar das Einzige, wozu man in einer Bibliothek verpflichtet ist: Man hält den Mund, sonst fliegt man raus. Ruhe eben!

Und ich, ich liebe genau diese Ruhe. Man redet im Leben eh schon zu viel. Und durchs Reden wird man vom Denken abgehalten. Weil man nicht zwei Sachen gleichzeitig tun kann, das ist ja ganz bekannt.

Mir würde eher Gebrüll Angst machen, solches, wie es im Fußballstadion zu hören ist. Ich weiß nicht, warum die Leute so gerne herumschreien. Mir persönlich verursacht das zu viel Leid und Kummer. Dennoch erkenne ich natürlich an, dass Schreien sich manchmal als nützlich erweisen kann, unter gewissen Umständen sogar unumgänglich ist, wie du in dieser Geschichte selbst feststellen wirst.

Ansonsten ist in einer Bibliothek alles oder fast alles erlaubt. Das ist ja das Wunderbare. Du bist noch nicht einmal verpflichtet zu lesen. Du kannst einfach ein Buch nehmen und darin herumblättern und vor dich hinträumen. Zwischen deinen Gedanken brauchst du nur gelegentlich eine Seite umzublättern. Du kannst ein Buch anfangen, wieder liegen lassen, nicht zu Ende lesen oder, im Gegenteil, hinterher noch zwanzig Mal lesen, wenn dir danach ist. Du darfst sogar die Schuhe ausziehen, um es dir gemütlicher zu machen. Dann stinkt es manchmal ein bisschen, aber das ist nicht schlimm, denn, lieber Leser oder liebe Leserin, wenn du mir diese Offenheit gestattest: Ich mag Fußgeruch. Und ich bitte dich, mir noch etwas zu gestatten: Mir sind alle

Menschen lieb, die gerne Bücher lesen. Deshalb fühl du dich bitte immer angesprochen, wenn ich dich gleich in meinem atemlosen Abenteuerbericht als ›Leser‹ anspreche, auch falls du eine Leserin oder nicht auf eins von beiden festgelegt bist.

Übrigens: Wenn du Lust hast, in der Bibliothek ein Nickerchen zu machen, wird dich niemand daran hindern.

Nur manchmal kann Einschlafen einem etwas ganz Übles einbrocken. Wie an diesem denkwürdigen Nachmittag, an dem ich in meiner Lieblingsbibliothek einnickte und alles seinen Anfang nahm.

Als ich die Augen wieder öffnete, hatte sich Dunkelheit im Lesesaal breitgemacht. Durch das Fenster sah ich, rund um den Vollmond, der zwischen zwei Wolken klemmte, die Sterne leuchten. An diesem Detail erkannte ich, dass ich stundenlang geschlafen hatte. Die Wanduhr stand auf Mitternacht, ihre Zeiger bewegten sich nicht mehr. Das war seltsam, denn Madame Annette Livre war gewissenhaft und achtete auf jedes winzige Detail: Sie duldete nicht den geringsten Mangel in ihrer Bibliothek und zeigte sich unnachgiebig bei wackeligen Stühlen, durchgebrannten Glühlampen, dreckigen Scheiben oder Büchern, die nicht alphabetisch einsortiert waren, sondern irgendwie anders. Die Achtsamkeit, mit der sie ihre Bibliothek, ihre Bücher und ihre lesende Kundschaft behandelte, hatte ihr den Preis als *Beste Bibliothekarin Frankreichs* eingebracht. Die

Trophäe war auf ihrem Schreibtisch ausgestellt, schön sichtbar, denn Madame Livre war sehr stolz darauf.

Ich gestehe, dass ich mich für den Zeitraum einiger Sekunden fragte, ob ich nicht träumte oder in einer Art Parallelwelt gelandet war, die durch ein Zeit-Portal mit der unsrigen verbunden war. Schließlich hatte ich bereits recht viele Bücher gelesen, die von so etwas erzählten, und woher hätte ich wissen sollen, dass solche Dinge nicht wirklich passieren konnten? Bei Büchern muss man auf alles gefasst sein.

Die einzige Schlussfolgerung, die sich mir aufdrängte, war, dass Madame Livre die Bibliothek verlassen hatte, ohne meine Anwesenheit zu bemerken, trotz ihres sorgfältigen Kontrollgangs. Nur ein Notfall konnte die mögliche Erklärung für diese Nachlässigkeit sein.

Auf ihrem Schreibtisch herrschte perfekte Ordnung: Ihre Sachen waren mit einer solchen Sorgfalt aufgeräumt, dass es einem fast Angst machen konnte. Die roten Stifte befanden sich bei den roten Stiften, die grünen bei den grünen, die Bleistifte bei den Bleistiften (ich mache nicht weiter, du hast schon verstanden ...).

Ich war allein, tatsächlich eingeschlossen. Du wirst mir sagen, lieber Leser, dass ich mich nicht zu beschweren brauchte, schließlich war ich ja an meinem Lieblingsort gefangen. Aber mir ließ vor allem keine Ruhe, wie meine Eltern, die sich bestimmt bereits riesige Sorgen machten, reagieren würden. Sie sahen es ohnehin schon nicht gern, dass ich mich dem Club der ansteckenden Leser (CaL) angeschlossen hatte, den Madame Livre leitete. Und jetzt erwartete mich die schlimmste aller Strafen: keine Bibliothek mehr.

In Dunkelheit getaucht, hatte der Lesesaal seine vertraute, heimelige und beruhigende Atmosphäre verloren. Ich hörte ein Knacken und Knarzen, der Wind rüttelte an den Fensterscheiben. Schatten schienen um mich herum durch den Raum zu gleiten, und eine Art unsichtbares Wesen musste wohl umherschleichen. Plötzlich schien es mir, als hörte ich langsame, raue Atemzüge in der Ferne, sowie tiefe Stimmen, die wirre Worte in einer unbekannten Sprache von sich gaben. Ich musste mich beruhigen, um wieder klar denken zu können, aber in meinem Kopf drängten sich all die Geschichten, die ich in den letzten Jahren verschlungen hatte: Darin ging es um Vampire, Gespenster, Mutanten, Zombies, Aliens und andere Untote. Ich fühlte mich beobachtet, belauert, und je mehr Minuten vergingen, desto mehr rechnete ich mit dem Auftauchen eines dieser angefaulten Wesen, die Romanseiten bevölkerten und darauf aus waren, sich aus meiner Haut einen Lendenschurz zu machen oder Halsketten aus meinen Zähnen!

Hatten meine Eltern letztlich doch recht? Hatte der Lesestoff, von dem ich mich nährte, mich um den Verstand gebracht?

Treuer Leser, was hättest du an meiner Stelle getan? Du hättest wahrscheinlich den Reflex gehabt, auf alle

Schalter zu drücken, die sich dir in der Dunkelheit angeboten hätten. Genau das tat ich auch, doch leider fing keine Lampe an zu leuchten. Einzig das Licht des hereinscheinenden Vollmonds ermöglichte mir, mich zu orientieren.

Mir blieb nur noch eines übrig: Ich musste versuchen, auf Zehenspitzen den Ort zu verlassen. Leichter gesagt als getan!

Einige schmerzhafte Schulterstöße gegen die dreifach verriegelte Eingangstür bestätigten mir, dass ich weit davon entfernt war, stark genug zu sein, um sie einzuschlagen. Diesen Ausgang konnte ich, ach du tausendfaches Ojemine, abhaken. Blieben noch die Fenster. Aus dem ersten Stock zu springen war ein riskantes Unterfangen, aber wenn ich mich an irgendeine Regenrinne klammerte, sollte ich doch alle Chancen der Welt haben, den Boden heil und in einem Stück zu erreichen, schlimmstenfalls in zwei.

Leider waren auch die Fenster verriegelt. Ich war eingesperrt wie eine Ratte in ihrem Käfig. Daher wollte ich einen irren Schrei von mir geben, ein grässliches Gebrüll, aber stattdessen kam aus meiner Kehle nur ein lächerliches Quieken. Schreien erfordert schließlich eine gewisse Übung, die ich nicht hatte. Und wer hätte mich überhaupt gehört?

Ich hatte jedoch keine Zeit, mich über mein Schicksal zu beklagen, denn das Spektakel, das sich nun meinen Augen darbot, verschlug mir die Sprache.

Spiralförmige Schatten begannen durch den Raum zu wabern. Sie wurden langsam dichter und formten vier Silhouetten mit weichen Konturen, die über den Lesetischen schwebten. Diese Formen knisterten leise wie Glühlampen, die zwischen Angehen und Ausgehen schwanken.

Je mehr ich zu verstehen versuchte, was mir widerfuhr, desto unklarer wurde es mir. Die einzige plausible Annahme: Ich musste Opfer meiner verrückten Fantasie sein. War ich vielleicht sogar tot? Das Einzige, wozu ich noch fähig war, war, Angst zu haben, und diese Tätigkeit raubte mir all meine Energie. Zumal mir gerade ein neues Detail auffiel: Hinter der Fensterscheibe war ein zweiter Vollmond aufgegangen, etwas kleiner und bleicher als der andere. Hier wurde es immer unheimlicher!

Zum Glück kannte ich die Bibliothek wie meine Westentasche und schlüpfte unbemerkt in einen leeren Schrank (zwei Tage zuvor hatte ich Madame Livre beim Ausräumen geholfen). Die Tür ließ ich einen Spalt offen. Auf meinem Beobachtungsposten festsitzend, tat ich alles, was ich konnte, um mich zu beruhigen und zu konzentrieren. Mir durfte doch nichts von dem, was sich vor meinen Augen abspielte, entgehen!

Bald änderte sich etwas: Die unscharfen Formen wurden zu menschlich anmutenden Körpern, die sich zum Fenster wandten und ihr Antlitz dem milchigen Schein des zweiten Mondes entgegenreckten. Auf der fahlen Haut ihrer Gesichter erschienen rote Lippen, Wangenknochen und ein Kinn. Ihre Augen jedoch konnte ich nicht sehen, denn die Kreaturen hatten sich in der Zwischenzeit riesige schwarze Brillen aufgesetzt. Vielleicht brauchten sie die, um diesen zweiten Mond anzuschauen? Eines war sicher: Das gruselige Ballett ihrer Wandlung erfüllte mich von Kopf bis Fuß mit kaltem Schaudern, und meine furchtgekrümmten Gedärme schrien vor Schmerz.

Obwohl diese Kreaturen keine Menschen waren, sahen sie doch durchaus menschlich aus. Es handelte sich wohl um Frauen, wenn man dem leuchtenden Rot, das ihre Lippen bedeckte, Glauben schenkte, und auch der Feinheit ihrer Hände mit den genauso roten Nägeln … rot wie … Blut!

Ein kleines gruseliges Detail, das mir bis dahin noch nicht aufgefallen war: ihr kleiner Finger. Dieser war immer steif und besaß keine Gelenke; offensichtlich gelang es ihnen nicht, ihn zu beugen, während ihre anderen Finger ganz normal beweglich zu sein schienen. Als Krönung des Ganzen war der Nagel dieses ganz starren kleinen Fingers nicht mit knallrotem Lack bedeckt, sondern mit grünem. Zum Glück murmelten die vier Kreaturen, die glaubten, allein zu sein, einander etwas zu und konnten das Grummeln meiner gequälten Gedärme nicht hören. Sie sprachen alle gleichzeitig in einer seltsamen Sprache, die nichts ähnelte, was ich bis dahin jemals gehört hatte. Am seltsamsten war, dass auf die Bewegung ihrer roten Lippen der Ton erst mit einiger Verzögerung folgte.

Kapitel 2

Warum es von Vorteil ist, nie die Schnürsenkel seiner Turnschuhe zu schnüren

Und genau da passierte es: Diejenige, die den Reigen dieser gruseligen Wesen anzuführen schien, streckte ihre beiden vom grünen Nagel gekrönten kleinen Finger dem Mond entgegen, als wollte sie dessen Energie anziehen.

Starke Krämpfe durchzuckten ihre Glieder, und ihr Mund verzog sich zu einem hasserfüllten Grinsen. Plötzlich schrie sie:

»Leserus kotzwürgius! Textis ekelatis! Massakra Legenda! Tutti la Bibliotheka! Finito Teatro basta! Ultima apokalyptika Kultura!«

Ihre Komplizinnen schauten in dieselbe Richtung und ihre kleinen Finger mit dem grünen Nagel zeichneten dabei komplizierte Kurven in die Luft. Dann verneigten sie sich folgsam vor ihr und säuselten:

»Ultima Zauberina! Grandiosa Hexa! Maximum Giftum!«

Die Oberhexe! Die Grandiose! Sie war diejenige, die den Tanz anführte.

Alle diese Details führten mich zu der Annahme, dass ich eine Hexen-Bande vor mir hatte. Ja, lieber Leser, du hast richtig gelesen: eine Hexen-Bande! Normalerweise glaube ich genauso wenig wie du an diese Art von Kreaturen, vor allem erwarte ich sie nicht in einer Bibliothek, aber das Spektakel, das sich vor meiner Nase abspielte, ließ keinen anderen Schluss zu.

Da hörte ich das Glockengeläut der Kirche, die sich nicht weit von der Bibliothek befand. Zwölf Schläge. Mitternacht. Die Kreaturen verharrten, senkten einige Sekunden andächtig ihre Kahlköpfe und rückten dann ihre dicken schwarzen Brillen auf der Nase zurecht, ehe sie im Chor zu singen begannen (und zwar schief, der Ausdruck »grölen« würde es wohl eher treffen). Jetzt verstand ich den Text, denn sie sangen nun in meiner Sprache.

Tod den Büchern und auch allen Leseratten!

Unerbittlich woll'n sie uns bekriegen,

uns göttliche Hexen gar listig besiegen!

Oh Schwestern, sie stell'n uns in den Schatten.

Im Sommer wie im Winter sind wir schrecklich,

immer stinkend, niemals freundlich,

Hakennase, Warzen überall!

So reiten wir auf unsern Besen,

in ihren Augen jämmerliche Wesen!

Schluss mit lustig, ihr abscheulichen Leseratten,

ihr Bücherwürmer habt uns Hexen jetzt im Nacken!

Bücher machen Freude, sollen Träume bringen?

Zu Recht sollst du wegen Büchern mit
dem Tode nun ringen!

Und nun zu euch gar unermüdlich' Schreiberlingen!

Husch, hopp! Ab in den Schrank mit euch,

zahlen sollt ihr für eure Albernheiten,

von welchen strotzen eurer Kultromane Seiten.

Ob Roald Dahl, ob Harry Potter,
ob alte Märchenweiber,

Helden, Leser und Geschichtenschreiber,

alle ohne Unterschied hinein, in einen großen Topf!

Dieselbe Rache erwartet euch: Ab muss euer Kopf!

Ihre Stimmen klangen dermaßen grausam, dass ich mir die Ohren zugehalten hätte, wäre es mir nicht so wichtig gewesen, so viele Indizien wie möglich zu sammeln. Am unangenehmsten war ihr fauliger Atem, der des schlimmsten Mülleimers würdig gewesen wäre. Er roch so heftig, dass der Gestank sogar bis zu mir herüberströmte. Dieser widerliche Mief war sicherlich ein Abbild ihrer verdorbenen Seele.

Eine Wolke zog vor den zweiten Mond, was dem schrecklichen Geleier der Hexen ein Ende setzte. Sie sammelten sich einen Moment und überprüften, ob ihre schwarzen Brillen auch ganz bestimmt fest vor ihren Augen saßen. Dann schwebten sie gemeinsam auf die Regale zu und bildeten davor eine Kette wie Kämpfer vor dem Angriff. Ohne zu zögern, streckten sie ihre Arme aus, um nach bestimmten Büchern zu greifen, die sie dann vor ihren Augen öffneten. Aber sie wollten sie nicht lesen, sondern ablecken. Dazu schoben die Hexen aus ihrem stinkenden Mund eine riesige Zunge hervor, rosa und dick wie ein Stück Kalbsleber, schleimig wie eine Schnecke, wabbelig wie eine Kröte. Die Tat dauerte nur ein paar Sekunden. Als die Hexen die noch spucketriefenden Bücher zurückstellten, machten sie sich einen Spaß daraus, einander fröhlich die Zunge herauszustrecken. Sie war schwarz von der Tinte, die sie von den Seiten geschleckt hatten. Vampire! Tintenvampire!

Ich fragte mich, wozu sie die dunklen Brillen trugen, denn die Hexen versicherten sich unaufhörlich, dass diese auch wirklich fest auf ihrer Nase saßen. Daraus schloss ich, dass dieses Zubehör für sie sehr wertvoll sein musste.

Zwischen den Ableck-Einheiten gurgelte aus ihrer Kehle eine Art Gebet, etwas wie eine Zauberformel hervor. Ich spitzte die Ohren, um den Text zu verstehen:

Möge der faulige Atem, der uns Hexen entstieg,

entfachen einen gewaltigen Krieg,

auf dass jeder Leser dieser Seiten darin finde den Tod.

Möge durch all unsere Hexereien er erleiden allerlei Not,

soll doch vergehen sein Wissensdurst und Bildungsstreben

und die Lust zu träumen verschwinden aus seinem Leben.

Möge strohdumm er werden,

bald gar der schlimmste Dummkopf auf Erden,

und möge er sich in ein verhasstes kleines Tier …

Gerne hätte ich gehört, wie es weiterging, doch das Brett, auf dem ich im Schrank saß, brach mittendurch, sodass ich vorwärts hinausstürzte. Die Kreaturen drehten sich verdutzt in meine Richtung und nahmen in einer einzigen gemeinsamen Bewegung die Brillen ab, die ihre Augen verdeckt hatten.

Nie hatte ich etwas so Furchterregendes gesehen wie den Blick dieser vier im literarischen Ritual überraschten Hexen. Im Weiß ihrer Augen schwamm eine Pupille, die aussah wie vor Hass rot schimmernde Glut. Diese Pupillen waren unruhig und drehten sich um sich selbst wie ein Kreisel, während mein Herz gegen meine Rippen hämmerte wie ein verängstigter Vogel, der an die Gitterstäbe seines Käfigs schlägt. Meine Angst war so dicht und zäh, dass man sie zu Klumpen hätte formen können.

»Ich … Ich … Ich komme hier nur gerade kurz vorbei, lassen Sie sich nicht von mir stören.«

Als einzige Reaktion richteten die vier ihren kleinen Finger mit dem grünen Nagel auf mich.

Die Oberhexe der Bande, die die Anweisungen gab und Gesänge und Tänze anführte, begann zu brüllen:

»Kühner Leser! Schmutziger Bücherverschlinger! Unverbesserlicher Liebhaber von Wörtern und Sätzen! Komm her!«

Schnell wie der Blitz überprüfte ich meine Fluchtmöglichkeiten. Das war ganz leicht, es gab überhaupt keine. Ich konnte mich nur noch meinem Schicksal ergeben. Die Hexen berieten sich ein paar Sekunden lang, überwachten mich aber währenddessen aus dem Winkel ihrer rot glühenden Augen.

»Das Urteil ist gefallen!«, brüllte die Oberhexe.

»Durch die Bücher hast du gelebt, durch die Bücher wirst du sterben!«

Ich brauchte mehrere Sekunden, um zu verstehen, was dieses Urteil wirklich bedeutete, und dann noch ein paar weitere Sekunden, um zu begreifen, dass dieses Ding in meiner Brust, das nun einer zermatschten Schnecke ähnelte, mein Herz war.

Die wenigen Härchen, die ich auf meiner Haut hatte, stellten sich sofort auf, und ein gewaltiger Schauder lief mir von meinen Ohren bis zu den Zehen hinunter.

Mein Selbsterhaltungstrieb befahl mir, die Trümpfe zu zählen, die ich in der Hand hatte. Erstens: Humor? Da diese Kreaturen offensichtlich eine Beeinträchtigung in diesem Bereich hatten, konnte ich meine Lieblingswaffe vergessen. Zweitens: Muskeln und Fäuste? Sehr witzig! Ich verfügte über so gut wie null Abschreckungsstreitmacht.

Blieb noch drittens: die Flucht. Da hatte ich immerhin eine Chance. Ich musste nur versuchen, ein bisschen Zeit zu gewinnen, und dabei auf ein Wunder vertrauen.

»Werte Damen«, sagte ich, »ich habe eine viel bessere Idee, was wir jetzt tun werden ... Ich gehe unauffällig hinaus, ohne mich umzudrehen, und lasse Sie Ihren netten kleinen geselligen Abend fortsetzen. Machen wir es uns doch ganz leicht, trennen wir uns einfach, vergessen das Ganze und ...«

Zur Antwort brüllte ihre Chefin gleich noch einmal los:

»Widerlicher Tintensauger! Jämmerlicher Geschichtenlutscher! Waldplünderer! Papierfresser! Seitenverschlinger! Bäumeknabberer! Geschichten hast du geliebt, nun bringen Geschichten dir den Tod!«

Irgendetwas, das an ein Lächeln erinnerte, verzog ihre verkrampften Lippen. Die Oberhexe schien ihre Meinung zu ändern und schlug einen weicheren Ton an.

»Du liest also gern, Kleiner? Nun gut, dann will ich mal nicht so sein, sondern dir ein Geschenk machen: Ich habe gleich ein hübsches Buch für dich.«

Ich gestehe, dass ich ein wenig die Fassung verlor. War das alles ein Streich, den Madame Livre ausgeheckt hatte?

»Welches?«, fragte ich.

»Warte mal kurz ...«

Sorgfältig schob sie die dunkle Brille vor ihre Augen, ehe sie langsam an den Regalen entlangschritt, mit ausgestreckten Armen, als ob sie sich vortasten müsste.

Ich ging näher heran und erkannte die Bücher wieder, die sie wenige Minuten zuvor mit ihrer schleimigen Zunge ausgeleckt hatten. Die Bücher tropften allerdings nicht mehr, sondern sahen ganz im Gegenteil aus wie neu, sogar neuer als neu, so schön, dass sie jetzt noch anziehender wirkten! Es war ausgesprochen schwierig, dem bezaubernden Charme zu widerstehen, den diese funkelnden Bücher ausstrahlten.

Die Chefin ging lange vor den Bücherreihen auf und ab wie ein General vor seinem Regiment. An einer bestimmten Stelle griff sie mit gestrecktem Arm ins Regal. Eine Grimasse verzog ihr Gesicht, als ihre Finger das Werk berührten, das sie mir daraufhin reichte – geschüttelt von Würgereiz, als ob sie sich gleich übergeben müsste.

»Der kleine Prinz?«, fragte ich.

»Ich habe mich erkundigt, das ist das bekannteste. Nicht dass du meinst, wir hätten uns nicht umgehört. Der kleine Prinz hier mit seinem ollen Schaf, der kleine Prinz da mit seinem blöden Flugzeug! Egal, jedenfalls ist das doch alles der gleiche Mist.«

»Ich habe ihn schon ungefähr zehn Mal gelesen«, sagte ich.

»Nicht schlimm«, erwiderte sie. »Dann kannst du ihn auch noch ein elftes und letztes Mal lesen.«

In dem Moment lächelte mir das Leben zum ersten Mal seit einer Ewigkeit wieder zu. Das Telefon klingelte. Ich war sicher, dass das meine Eltern waren. Sie hatten anscheinend bemerkt, dass ich noch nicht zu Hause war, und mich überall gesucht. Da sie wussten, dass ich zur Bibliothek gegangen war, hatten sie sich wohl überlegt, hier anzurufen. Ich musste mich unbedingt auf den Apparat stürzen und ihnen in wenigen Worten mitteilen, in welcher Gefahr ich mich befand. Mit der Schnelligkeit einer Königskobra schoss ich zum Telefon, doch oje, tausendfaches Ojemine, eine der Hexen war noch schneller als die Königskobra (was nach allen Naturgesetzen völlig unmöglich ist) und schnappte sich den Hörer. Zu meiner großen Überraschung drang eine wohlklingende Stimme aus ihrem Mund:

»Hallo? Sie suchen Ernest Hamster ... Nein, der ist nicht hier. Ich bin die Bibliothekarin und räume gerade ein wenig auf. Auf Wiederhören!«

Sie imitierte ausgezeichnet Madame Livres Stimme, und mir wurde bewusst, dass ich allein vor diesen Monstern stand, aufgeschmissen, verloren, völlig am Boden. Ernest Hamster (mach dich nicht lustig, lieber Leser) erlebte seine letzten Minuten auf dieser Erde, die sich bald ohne ihn weiterdrehen würde.

Mir blieb noch genug Hirnkapazität übrig, um festzustellen, dass die Situation etwas Logisches an sich hatte. Ich, Ernest Hamster, war in einer Bibliothek geboren (ja, ich habe vergessen, euch zu erzählen, dass meine Mutter mich in einer Bibliothek zur Welt gebracht hat) und stand nun kurz davor, in einer Bibliothek zu sterben. Die Sache war gelaufen, *game over*, wie meine computerspielverrückten Eltern immer sagen.

Der Telefonanruf hatte trotz allem den Vorzug gehabt, die Bande aus dem Konzept zu bringen, sodass sie es nun eilig zu haben schien, fertig zu werden. Ihre Chefin schnappte sich genervt noch einmal das Buch vom kleinen Prinzen, aber nur mit spitzen Fingern, wie man es mit etwas Verdorbenem oder einem Stück Stinkekäse macht.

»Lasst es uns abschließen!«, rief sie. »*Kotzorium Skriptura!* Wer gelesen hat, soll lesen. Also lies. Nur eine Seite dieses grässlichen Stinkezeugs, das wird locker reichen. Egal welche, die sind alle gleich dumm und ekelhaft.«

»Wozu wird das reichen?«

»Schändlicher Leser, dir sabbern zu viele Fragen aus dem Mund. Es wird reichen, und fertig. Versuch es gar nicht erst zu verstehen. Lies einfach.«

Dieses Verb auszusprechen, verzerrte ihr den Mund vor Ekel. Mein Überlebensinstinkt flüsterte mir ins Ohr, dass mich schon bei den ersten Worten eine niederträchtige Strafe treffen würde wie ein Blitz. Also dachte ich nicht lange nach, sondern warf *Der kleine Prinz* ins Gesicht der Oberhexe, die zurückwich und dabei kreischte, als würde sie mit einer Atomwaffe bedroht.

Während meine fiese Gegnerin auf der Stelle trampelte, stürzte ich auf den Gang zu. Die Hexen waren gerade noch zu sehr damit beschäftigt, ihre Freundin, die sich wie ein Regenwurm wand, zu beruhigen. So verloren sie einige Sekunden, was mir erlaubte, gut zehn Meter Abstand zu ihnen aufzubauen.

Ich nahm gerade in großen Sprüngen die Treppe nach oben, als ich die Oberhexe brüllen hörte:

»Der Rotzbengel versucht uns auszutricksen! Der Lump büxt aus! Der Lausejunge! Haltet den unverbesserlichen Leser!«

Es war ein schrecklicher Schrei, den sie da ausstieß, ein Hassgebrüll und gleichzeitig ein verzweifelter Klagelaut.

Wenn ich jetzt behaupten würde, dass ich einen genauen Plan hatte und wusste, wohin ich mich flüchten konnte, würde ich dich, verehrter Leser, anlügen. Ich stürzte einfach nur vorwärts, immer weiter nach oben, in der Hoffnung, irgendwo eine Tür nach draußen zu finden – zum Beispiel einen Ausgang aufs Dach, von wo aus ich um Hilfe rufen könnte.

Exakt am Ende der ersten Treppe und genau als mein Abstand zu den mich verfolgenden widerlichen Kreaturen schrumpfte, kam mir die Idee mit den Toiletten, die in der zweiten Etage am Ende des Ganges lagen. Dorthin verschwand ich in einer halben Sekunde. Noch nie, lieber Leser, war ich so glücklich gewesen, mit einer Kloschüssel allein zu sein.

Ich spitzte die Ohren. Hinter der Tür herrschte absolute, wunderbare Stille. Daraus schloss ich, es mit meinem Trick geschafft und die dröhnend lauten Kreaturen getäuscht zu haben. Die waren sicher weiter die Treppe hochgestiegen.

Ich fühlte mich wie Zeus auf dem Gipfel des Olymp: stolz und als absoluter Herr der Lage. Meine Erleichterung verwandelte sich schon bald in eine unsagbare Freude, als ich feststellte, dass ein kleines Fenster oben in der hinteren Wand nach draußen führte. Die frische Luft, die sanft über mein Gesicht strich, war ein Ruf in die Freiheit und zu den silbernen Sternen, ein Lebensversprechen. Welch eine Erleichterung nach diesem Schrecken! Welch ein Glück, vor ihrer Nase und ihren Barthaaren zu verschwinden!

Mein Plan war kinderleicht: Indem ich die Füße auf die Kloschüssel stellte und mich mit den Händen ans Fensterbrett klammerte, konnte ich mich bestimmt leicht nach draußen fallen lassen. In wie vielen Teilen ich unten landen würde, war eine Frage, die ich lieber auf später verschob. Irgendetwas sagte mir, dass ich selbst in Einzelteilen besser dran wäre als bei den Hexen.

Ich brauchte mich nur noch mit der Kraft meiner Arme hochzuziehen bis zu der unverhofft entdeckten Fensteröffnung. Doch da gellte ein schriller Pfiff durch den gesamten Flur. Das waren sie! Die Furchtbaren waren zurück, fest entschlossen, sich für die Kränkung, die ich ihnen gerade angetan hatte, zu rächen!

»Der Lausbub hat sich im Klo eingeschlossen!«, rief die Oberhexe. »Dieses unmögliche Kind, der kleine Wurm, das gemeine Gör!«

»Vielleicht macht er einfach nur ein Häufchen?«, vermutete eine ihrer Komplizinnen. »Die Menschen scheinen solch einer Art Verpflichtung nachkommen zu müssen.«

»Ein Häufchen? Quatsch! Er ist gerade dabei, sich aus dem Staub zu machen, und wird uns aus den Fingern entwischen! Genug gelabert, Mädels, schlagt mir lieber die Tür zu diesen Scheißhäusern ein und basta.«

Das Adrenalin, das mir jetzt nur so durch die Adern raste, verzehnfachte meine Kräfte. Im Nu gelang es mir, das kleine Fenster zu erreichen. Nur noch wenige Sekunden und ich würde auf der anderen Seite sein, frei! Aber die Tür begann unter den brutalen Schlägen der Hexen Risse zu bekommen, und die Türangeln fingen an herauszubrechen. Und genau in dem Moment, in dem ich mich endlich auf den Fensterrahmen stützen konnte, spürte ich, wie ihre ekeligen Hände mich bei den Füßen packten und ihre schmierigen Finger an meinen Waden hochkrochen! Der Kontakt mit ihrer klebrigen, eisigen Haut war absolut widerwärtig. Ich fühlte, wie ich plötzlich nach hinten gezogen wurde.

Ohne das Fensterbrett loszulassen, begann ich mit zusammengebissenen Zähnen und der Kraft meiner Verzweiflung, in alle Richtungen um mich zu treten.

»Aua! Autsch!«, stöhnten die Hexen.

Genau da kamen meine Turnschuhe auf die gute Idee, sich von meinen Füßen zu lösen, und ich war so froh um meine Gewohnheit, mir nie die Schnürsenkel zu binden. Die Kreaturen, die mich gepackt hatten, kippten rückwärts um, während die anderen, mit schaumig-schleimigem Sabber auf den Lippen, angerannt kamen, um ihnen zu helfen. Der widerliche Gestank ihrer Kehlen eilte ihnen voraus. Was mich angeht, so wurde ich, weil sie mich ganz plötzlich losließen, nach draußen geschleudert wie eine Granate.

Das Letzte, was ich hörte, waren die finsteren Schreie, die die Hexen ausstießen.

Kapitel 3

Warum es von Nachteil ist, nicht zu wissen, ob man geträumt hat oder nicht

Als ich aufwachte, hatte ich eine Wärmflasche auf dem Kopf und Pflaster und Verbände an ganz vielen Stellen meines Körpers. Das Gesicht meiner Mutter neigte sich über mich.

»Wir dachten schon, du würdest nie aufwachen. Jemand hat dich auf dem Rasen vor der Bibliothek gefunden und nach Hause gebracht.«

Ich fühlte mich weder schlecht noch gut. Sagen wir mal, ich fühlte mich gar nicht. Mein Kopf war voller Watte. Sicherlich hast auch du, lieber Leser, schon einen dieser Momente erlebt, in denen man nicht mehr zwischen Traum und Wirklichkeit unterscheiden kann. Die in Dunkelheit getauchte Bibliothek, die Tricks der Bücherhexen, ihr erschreckendes Urteil, die zum zweiten Mond gereckten grünen Nägel, all das kam mir vor wie ein verrückter Albtraum.

»Erinnerst du dich noch, was du dort vorhattest?«, fragte meine Mutter.

»Und dann auch noch ohne Schuhe?«, staunte mein Vater. »Hältst du dich für Aschenputtel?«

Dieser blöde Witz brachte sie eine gute Viertelstunde lang zum Lachen.

»Ich kam gerade von Nestor zurück«, antwortete ich.

Nestor, den wir nur Totor nennen, ist mein bester Freund. Genauso wie André, den seine engsten Freunde auch Dédé nennen dürfen. Zu dritt bilden wir den Club der ansteckenden Leser, den die von uns innig geliebte Annette Livre, ausgezeichnet mit dem Preis als Beste Bibliothekarin Frankreichs, gegründet hat. Wir spielen »Wer hat den größten SUB (Stapel ungelesener Bücher)?« und vergleichen uns die ganze Zeit. Für gewöhnlich gewinne ich.

Und Totor wohnt eben ganz in der Nähe der Bibliothek.

»Was ist denn mit dir passiert? Wo sind deine Schuhe?«

»Ich habe eine Wette abgeschlossen, dass ich barfuß nach Hause gehen würde.«

»Das ist doch bescheuert.«

»Ich weiß.«

Warum log ich? Auch wenn mir nicht alles ganz klar

war, wusste ich doch, dass es sich so nicht abgespielt hatte. Die Angst, die ich am Vorabend gespürt hatte, würde mir für immer in allen meinen zukünftigen Härchen sitzen.

»Ich frage mich, ob du nicht ein bisschen zu viel liest«, murmelte meine Mutter, während sie bei mir Fieber maß. »Deine Fantasie geht mit dir durch.«

Genau deshalb erzählte ich besser so wenig wie möglich von meinen Erlebnissen. Meine Mutter würde den Büchern unterstellen, sie hätten mich um den Verstand gebracht. Und ich würde lieber sterben, als ohne Bibliothek, ohne Bücher, ohne Lesen zu leben.

»Ich würde es ja wirklich schön finden, wenn du dich ein wenig für Videospiele interessiertest!«, klagte sie. »Wie alle!«

Sie schaute auf ihre Uhr und stammelte mit sichtbarem Unbehagen:

»Na gut, ich geh jetzt, ich werde erwartet ... Du weißt ja ...«

Meine Eltern waren echte Geeks, das heißt, sie waren von Spiele-Entwicklern beauftragt, bei internationalen Turnieren deren Neuheiten zu testen. Der Nickname meiner Mutter war *Cyber Destructor* und der meines Vaters *Black Shark*. Sie hatten ihr Hightech-Material im Bunker aufgebaut: einem Kellerraum, der extra ihrer Arbeit gewidmet war und aussah wie das Cockpit einer Boeing 747. Durch die Zeitverschiebung kam es vor, dass ich sie mehrere Tage hintereinander nicht sah.

Während ich las, hörte ich sie komische Wörter brüllen, die für sie ganz normal waren.

Ich weiß nicht, wie du darüber denkst, lieber Leser, aber ich persönlich fand es lächerlich, *Cyber Destructor* und *Black Shark* als Eltern zu haben.

Bevor sie die Tür schloss, drehte meine Mutter sich noch einmal um und erklärte:

»Aber diese Bibliothekarin, die ist doch wirklich eine Hexe! Die hat euch verzaubert.«

Dieses Wort »Hexe« knisterte sofort in meinem Kopf und sprühte tausend Funken. Blutrote Lippen und seltsame Brillen, all diese grässlichen Details tauchten plötzlich wieder in meiner Erinnerung auf. Ich sah das Ganze noch einmal vor mir: von den weichen, glänzenden Nacktschnecken, die aus ihren Mündern kamen, bis hin zu diesem gestreckten kleinen Finger, der sich nicht beugen ließ.

War das alles echt? Hatte ich mir nicht den Kopf irgendwo gestoßen während dieses Sturzes, mit dem ich die Bibliothek verließ, und hatte das dann nicht sofort einige Unordnung in meinem Gehirn verursacht?

So weit war ich gerade mit meinen Gedanken gekommen, als meine Mutter noch einmal im Rahmen meiner Zimmertür auftauchte, mit einem Headset auf dem Kopf und einer ultrahochentwickelten Maus in der Hand.

»Ich habe noch etwas vergessen. Das hier hat man gestern Abend gefunden. Sieht aus wie …«

»Eine Brille.«

»Die ist aber echt schwer«, fuhr sie fort und deutete die Bewegung an, sie sich auf die Nase zu setzen. »Meinst du, da ist irgendetwas Besonderes dran?«

»Tu das bloß nicht!«, schrie ich wie ein Irrer.

Ich schleuderte die Bettdecke vom Bett und stürzte mich auf die Brille, um sie meiner Mutter aus der Hand zu reißen. Es war besser, kein Risiko einzugehen. Dann zog ich meine Hose an.

»Ernest, ich glaube, mit dir stimmt etwas nicht. Bist du sicher, dass du nicht im Bett bleiben möchtest? Und wo willst du so hin?«, fragte meine Mutter.

»Zur Bibliothek. Ich muss diese Brille … jemandem zurückgeben.«

*

Meine Ankunft in der Bibliothek bescherte mir selbstverständlich nicht das gewohnte Gefühl – bei Weitem nicht! Aber es beruhigte mich immerhin, festzustellen, dass mein Lieblingsort wieder aussah wie immer. Wie jeden Samstag herrschte im Lesesaal absolute Ruhe. Die ältesten Leser saßen in den Sesseln und blätterten langsam in Zeitungen. Die über die Tische gebeugten Studierenden kritzelten, umgeben von einer Mauer aus sehr ernsten Büchern, auf Zetteln herum. Weiter hinten verschlangen auf dem Boden ausgestreckte Kinder Comics. »Alles hat seinen Platz, und wir haben genug Platz für alles«, pflegte Madame Annette Livre zu sagen.

Und ich war den niederträchtigen, stinkenden Hexen auf der Spur.

»Ach, Ernest, da bist du ja!«, rief die Bibliothekarin prompt voller Freude. »Ich habe ganz viele neue Bücher hereinbekommen.«

Ihre schwarzen Haare waren mit zwei gekreuzten Stäbchen zu einem Knoten zusammengesteckt. Früher war sie mir sehr alt vorgekommen, doch je älter ich selbst wurde, desto jünger erschien sie mir.

»Danke«, sagte ich, »aber ich muss zuerst noch etwas nachsehen.«

Ich stürzte sofort auf die Bücher zu, die in der Nacht zuvor von den Zungen der Kreaturen abgeleckt worden waren. Vor allem auf *Der kleine Prinz*, denn die Hexen hatten mich ja dazu verdammt, den zu lesen. Sein Platz im Regal war leer.

»*Der kleine Prinz*, haben Sie das nicht mehr?«, fragte ich deshalb.

»Nein, dein Freund Nestor hat es heute Morgen ausgeliehen.«

»Nestor hat *Der kleine Prinz* ausgeliehen? Aber das hat er doch schon mindestens zehn Mal gelesen. Genauso wie ich auch.«

»Ich weiß nicht, er hat es gesehen und wollte es unbedingt ausleihen. Er schien mir irgendwie … verhext.«

Dazu konnte ich nun selbstverständlich nichts weiter sagen, sonst hätte sie mich für verrückt gehalten.

Nestor hatte *Der kleine Prinz* mitgenommen, um es

zu lesen, und irgendetwas sagte mir, dass das keine gute Neuigkeit war. Ich hätte mich vielleicht unverzüglich zu ihm begeben sollen, um ihn vor der Gefahr zu warnen, der er ausgesetzt war (aber um welche Art von Gefahr handelte es sich eigentlich?).

Stattdessen zögerte ich einige Minuten lang, und schließlich war die Versuchung zu groß: Ich setzte mir die Brille auf die Nase. Sie war sehr schwer und weder aus Metall noch aus Plastik gefertigt, sondern eher aus einem Material, das nach Vulkangestein aussah. Und da die Bügel ebenfalls aus diesem Material gehauen waren, ließen sie sich natürlich nicht einklappen.

Ich sah fast nichts, diese Brille vermochte offensichtlich denjenigen, der sie trug, in eine Art Dunkelheit zu hüllen. Die Leute um mich herum schrumpften zu dunklen Schatten zusammen. Da ich mich daran erinnerte, dass die Hexen dieses Schmuckstück trugen, um sich den Büchern nähern zu können, tat ich genau das Gleiche und griff nach einem zufällig ausgewählten Buch. Als ich es mir ansah, konnte ich mir einen kleinen Überraschungsschrei nicht verkneifen: Da stand kein Titel, kein Autor, nichts, alle Seiten waren einfach leer. Mit einigen weiteren Büchern tat ich dasselbe und kam immer zum gleichen Ergebnis.

Es handelte sich offensichtlich um eine »Bücherlöscher«-Brille.

»Ist etwas nicht in Ordnung?«, fragte mich die Bibliothekarin. »Was ist mit dir los?«

»Nichts ... Nichts ... Ich frage mich nur, ob ich nicht vielleicht eine Grippe habe, und gehe jetzt nach Hause.«

*

Zum ersten Mal in meinem Leben floh ich aus der Bibliothek. Ich verstand nichts von dem, was gerade vor sich ging. Wozu konnte diese »Bücherlöscher«-Brille aus Vulkangestein gut sein? Und warum mussten die Hexen sie tragen, wenn sie ihre schmutzige Spucke verteilen wollten?

Schließlich traf ich bei Nestor ein, im Haus B der Wohnanlage Youri-Margarine, und ich schoss wie eine Rakete die Treppe zu ihm hoch. Wie ein Irrer schlug ich gegen seine Tür.

Keine Reaktion. Seltsam. Völlig außer Atem lehnte ich meine Stirn gegen die Tür. Da fiel mir auf, dass diese nicht abgeschlossen war. Was hättest du an meiner Stelle getan, lieber Leser? Wahrscheinlich dasselbe wie ich, du wärst das Risiko eingegangen, in die Wohnung einzudringen.

»Totor?«

Nur Stille antwortete mir. Ich fing an zu zittern, denn irgendetwas sagte mir, dass diese berüchtigten Hexen sich meinen Freund vorgeknöpft hatten. Also rannte ich zu seinem Zimmer, drückte mein Ohr gegen die Tür und fragte:

»Totor, bist du da?«

Ich betrat das Zimmer. Es war aufgeräumt, doch niemand war da. Ich schaute in den Schrank, unter das Bett. Nichts. Dennoch war ich sicher, dass er zu Hause sein musste. Seine Jacke und seine Schuhe waren an ihrem Platz. Eine kuschelige Decke lag aufgeschlagen auf dem Bett. Ein fast volles Glas Orangensaft stand auf dem Nachttisch. Ich kannte diese Vorbereitungen für eine ordentliche Runde Bücherverschlingen. Außerdem lag der SUB meines Kumpels (absolut ehrenwert, wenn auch nicht so hoch wie meiner) ganz gerade auf dem Nachttisch bereit, um eifrig gelesen zu werden.

Sofort erkannte ich das Titelbild von *Der kleine Prinz*, weil das Buch auf den Boden gefallen war. Es war tatsächlich unglaublich anziehend, ich fühlte mich unfähig, der Versuchung zu widerstehen, die von ihm ausging, und so streckte ich fast automatisch die Hände aus, um danach zu greifen. Ich nahm sehr wohl wahr, dass ich in eine fatale Falle tappte, aber mein Wille war völlig gelähmt.

Doch da ... »Doch da was?«, wirst du mich fragen, lieber Leser.

Blättere einfach wortlos eine Seite weiter, um es zu erfahren.

Kapitel 4

Warum es von Vorteil ist, Grundkenntnisse in Zoologie zu haben

Genau in dem Moment kam ein roter Blitz aus dem Nichts angerast und rempelte mich so heftig an, dass er mir dabei das Buch aus den Händen riss. Mit aufgestelltem Schwanz und ausgestreckten Krallen, aufgerichtetem Fell und gebleckten Zähnen, die so spitz wie handlungsbereit waren: So stand mir ein Kater gegenüber. Seine Schnurrhaare bebten. Er ließ mich nicht aus den Augen. Sobald ich die geringste Bewegung andeutete, fauchte er drohend. Mit kleinen, weichen Schritten ging er auf das Buch zu. Dabei blieb er bereit zum Sprung wie eine große Raubkatze, für den Fall, dass ich nicht stillstehen sollte. Als das Tier sein Ziel erreicht hatte, begann es, das Exemplar von *Der kleine Prinz* mit großen Krallenhieben zu zerfetzen und das Buch, während er mich immer noch aus dem Augenwinkel beobachtete, mit seinen Pfoten unter den Schrank zu schieben. Als wollte der Kater … Ja, genau das war es, ich hatte mich komplett geirrt: So seltsam es auch scheinen mag, er versuchte gar nicht, mich einzuschüchtern, sondern ganz im Gegenteil, mich zu beschützen. Eine verrückte Idee entsprang meinem Hirn oder dem, was davon noch übrig war.

»Totor, bist du das?«, schrie ich.

Eine gewisse Erleichterung war im Blick des Vierbeiners abzulesen. Seine Krallen zogen sich zurück, der gesamte Körper legte seine Verteidigungshaltung ab. Dann nickte er langsam mit dem Kopf, tief betrübt und verschämt. Es war das erste Mal, dass ich einen zum Kater verhexten Freund vor mir hatte, und glaub mir, daran musste ich mich erst mal einen Moment gewöhnen.

»Oje, mein armer Totor, was ist denn mit dir passiert?«

Ich bemerkte, wie er die Augen verdrehte. Ich verstand seine Verärgerung, denn es stimmt ja, dass das eine ziemlich dumme Frage war. Die Antwort saß schließlich gleich vor mir. Aber andererseits müsst ihr auch zugeben, dass es völlig unnatürlich ist, sich mit einer Katze zu unterhalten.

»Du hast Katzen immer so gehasst, und ausgerechnet du bist jetzt eine von ihnen! Darf ich dich streicheln?«

Er kam näher, und als meine Hand über seine Wirbelsäule spazierte, fing er zu schnurren an. Sein Fell war geschmeidig, sein weicher Schwanz wanderte unter meiner Nase umher, die vertikale Pupille in seinen Augen drückte eine Mischung aus Traurigkeit und Erleichterung aus.

»Ich nehme an, du hast *Der kleine Prinz* gelesen.«

Nestor nickte mit seinem kleinen Kopf und machte eine kurze Katzenwäsche, indem er mit der Pfote hinter seinem Ohr entlangstrich.

Jetzt verstand ich alles. So etwas also stellte das von der schmutzigen Zunge der Hexen verzauberte Buch mit demjenigen an, der in ihm las. Die Worte der Hymne der Hexen ergaben nun ihren ganzen Sinn.

Möge strohdumm er werden

bald gar der schlimmste Dummkopf auf Erden,

und möge er sich in ein verhasstes kleines Tier ...

»Mein Freund, ich muss mit dir reden«, sagte ich. »Davon hängt die Zukunft ab. Nicht nur deine und meine ...«

Nestor setzte sich auf sein Hinterteil und spitzte die kleinen Ohren. Es fiel mir etwas schwer, den durchdringenden Blick seiner vertikalen Pupille zu ertragen. Es lag etwas Majestätisches darin, das mich einschüchterte.

In wenigen Sätzen lieferte ich ihm eine Zusammenfassung meines unheilvollen Abends und erzählte die Gräueltaten, die ich miterlebt hatte.

Die Katzenversion von Nestor ließ mich nicht aus den Augen. Ich hatte den Eindruck, er verurteilte mich. Einige Sekunden lang floh mein Geist aus der Situation: Wenn ich mich nicht in Sicherheit gebracht hätte, was wäre ich dann jetzt? Ein Iltis? Eine Hyäne? Ein Königspudel? Ein Maulwurf? Das waren die Tiere, die ich am allermeisten verabscheute.

Mit einem Satz sprang der Kater auf den Schreibtisch und fing an, über die Tastatur zu laufen und mich dabei drängend anzusehen. Der Computer! Er bat mich darum, den PC einzuschalten. Darin erkannte ich ganz die Schlauheit meines Freundes.

Die Kommunikation war langsam, aber immerhin einfacher, als nur mit Blicken zu kommunizieren. Er setzte seine kleinen Pfoten auf die Tasten, um Wörter und Sätze zu bilden. Komischerweise machte er dabei weniger Rechtschreibfehler als vorher.

»Leidest du?«, fragte ich Totor.

»Überhaupt nicht.«

»Wie ist es, ein Kater zu sein?«

»Ich habe mich noch nicht daran gewöhnt.«

»Ich verstehe dich, du Armer. Jedenfalls hast du sehr schöne Schnurrhaare und einen großartigen Schwanz.«

»Mag sein, aber im Moment fühlt es sich noch komisch an, mich mit der Zunge zu waschen.«

»An solche Dinge gewöhnst du dich bestimmt. Verlass dich in jedem Fall auf mich, wir finden schon einen Weg, dich da herauszubekommen.«

Der Kater legte seine Vorderpfote auf die Feststelltaste und lief auf der Tastatur herum. Die Wörter WARUM ICH, WARUM WIR? erschienen auf dem Bildschirm.

Das war eine verzwickte Frage. Ich ging näher an sein Ohr heran und murmelte:

»Schau mal, mein Lieber, ich verrate dir jetzt etwas. Diese Hexen hassen Bücher. Nicht nur Bücher übrigens, sondern auch die, die dafür sorgen, dass sie existieren: ansteckende Leser, Autoren, außergewöhnliche Bibliotheken. Kein Wunder, dass sie unsere angegriffen haben, denn Madame Livre hat doch gerade den Preis als Beste Bibliothekarin Frankreichs gewonnen. Diese schmutzigen Kreaturen tauchen aus der Finsternis auf, um sich für die Warzen, die Hakennasen, die großen, spitzen Hüte, die alten Besen und die Spinnennetze zu rächen, die man ihnen in den Büchern verpasst hat. Alle diese Dinge kotzen sie an. Also lecken sie die beliebtesten Bücher ab, um ihre ekelhafte Spucke darauf zu hinterlassen …«

Für einige Sekunden unterbrach ich meine Erklärung, um zu sehen, ob er mir zuhörte, und da er aufmerksam aussah, fuhr ich fort.

»Ich bin sicher, mein Guter, du wirst mich jetzt fragen, warum sie an Büchern lecken … Und das trifft sich gut, denn ich habe die Antwort, und du auch, nur dass du sie noch nicht kennst … Stell dir vor, die armen Leser, die unglücklicherweise die angeleckten Bücher lesen, werden … in Tiere verwandelt. Da hast du den Grund für dein Schicksal. Ich selbst bin nur knapp ihrer Strafe entgangen.«

Der Kater riss die Augen auf und warf dann einen sehnsüchtigen Blick auf den immensen SUB, der sich auf seinem Nachttisch auftürmte und von dem er sich einige Stunden zuvor noch so viel Freude versprochen hatte. Mein Bericht machte ihn sichtbar nachdenklich. Eine Vielfalt widersprüchlicher Gefühle lag in seinem Blick. Überraschung mischte sich mit Niedergeschlagenheit, aber die Traurigkeit überwog. Dieses Durcheinander schien ihn daran zu hindern, wirklich nachzudenken.

»Aber es ist schon wirklich erstaunlich, was dir widerfährt«, sagte ich. »Wenn es dich tröstet: Du bist ein wunderbarer Kater.«

Das Tier tippte langsam auf der Tastatur.

»Das Problem ist, wenn das so weitergeht, werde ich verhungern.«

»Mach dir keine Sorgen, ich bring dir Leckerlis. Ich lasse dich nicht hängen, das schwöre ich dir.«

»Lachs-Leckerlis?«

»Ja, Lachs-Leckerlis. Selbst als Kater bist du noch so eine Naschkatze!«

Es ist schon witzig, wie rasend schnell man sich daran gewöhnt, sich mit einem Tier zu unterhalten. Wir tauschten einen Blick. Er bewegte seine Schnurrhaare.

»Wir finden eine Lösung, Totor, und dann bekommst du auch wieder deine menschliche Gestalt.«

»UND WIE?«, schrieb er, indem er auf der Tastatur umherlief, sobald er die Feststelltaste gedrückt hatte.

Da ich eine Weile nachdachte und um seine Beunruhigung deutlich zu machen, schlug er wütend ein zweites Mal auf die Fragezeichen-Taste: »UND WIE??«

»Reg dich nicht auf! Woher soll ich das denn wissen? Bis wir es herauskriegen, kannst du ja die Situation noch ausnutzen.«

»Wie meinst du das?«

»Na ja, ich nehme mal an, dass es Vorteile mit sich bringt, eine Katze zu sein. Du brauchst weder den Tisch abzuräumen noch das Geschirr zu spülen. Du kannst es dir tagelang gemütlich machen und tonnenweise Streicheleinheiten kriegen.«

Er sah mich mit geweiteter Pupille und strengem Blick an.

»Dich will ich mal so sehen! Meine Eltern werden sich fürchterliche Sorgen machen, wenn sie mich nicht vorfinden.«

»Willst du, dass ich ihnen die Situation erkläre?«

»Denk doch mal nach, du Dussel. Sie werden dir nicht glauben. Und wenn doch, stell dir ihre Angst vor.«

Ich nickte, um zu zeigen, dass ich einverstanden war.

»Ich verspreche dir, dass sie nichts erfahren werden.«

Plötzlich schoss mir ein Gedanke durch den Kopf. Warum hatte ich daran nicht eher gedacht? Warum hatte ich damit nicht gleich angefangen?

»Totor, sag mal, warst du alleine in der Bibliothek, als du das Buch ausgeliehen hast?«

»Nein, ich war mit Dédé da. Er brauchte wie ich Büchernachschub und …«

Er stockte mitten im Satz, und sein Fell sträubte sich, als ihm klar wurde, was seine eigenen Worte bedeuteten.

Und wenn …

Kapitel 5

Warum es von Nachteil ist, mit Tieren Nachforschungen anzustellen

Ja, lieber Leser, ich bin sicher, du hast den unvollständigen Satz auf der vorherigen Seite selbst ergänzt: Und wenn Dédé dasselbe Schicksal erlitten haben sollte wie Totor?

Dieses Mal sprang der Kater einfach direkt auf der Tastatur herum. Es sah aus, als würde er Stepp tanzen.

»Dédé sollte mit seiner Mutter einkaufen gehen und wollte danach bis abends lesen. Wenn wir Glück haben, erwischen wir ihn noch, bevor er mit dem ersten Kapitel von *Oliver Twist* anfängt.«

»Dann aber schnell!«, schrie ich. »Wir müssen ihn warnen!«

»Also komme ich mit«, erklärte der Kater und spazierte auf der Tastatur herum.

»Glaubst du nicht, dass du für heute schon reichlich riskiert hast? Es ist genug, dass jeder Tag seine eigene Plage hat, sagt man.«

»Ich komme mit«, wiederholte er. »Bloß weil ich ein Kater bin, muss ich ja nicht gleich unfähig sein, mich nützlich zu machen.«

Da hatte er nicht ganz unrecht. Um es mir zu beweisen, richtete er sich auf seinen Hinterpfoten auf, fuchtelte mit den Vorderpfoten durch die Luft, fuhr die Krallen aus und miaute wild. Offensichtlich hielt er sich für einen Löwen. Er konnte einem schon ein bisschen leidtun, aber das ließ ich ihn nicht spüren.

Wir nahmen den Aufzug zusammen mit einem Herrn, der mit weicher Stimme fragte, ob mein kleiner Begleiter ein Männchen oder ein Weibchen sei (in dem Moment sah ich den Zorn im Blick meines Freundes aufblitzen). Und dann machte er mir Komplimente für Totors Schönheit. Er bückte sich, um ihn zu streicheln, aber mein Freund fuhr seine messerscharfen Krallen aus, was den Feuereifer des Herrn erlöschen ließ.

Dédé wohnte in einem Haus, das eine gute Viertelstunde Fußmarsch entfernt lag. Dadurch hatten wir ein wenig Zeit, über unsere Strategie zu reden. Da wir keinen Computer für die Kommunikation hatten, schlug ich Totor vor, er könne mit Ja oder Nein antworten. Bei den Katzen wie bei den Menschen ersetzt manchmal ein einfaches Aufleuchten in einer Pupille vorteilhaft eine lange Rede.

»Einen Kampf gegen Bücherhexen kann man schlecht mal schnell improvisieren, meinst du nicht auch?«, fragte ich. »Zuerst muss man die Personen warnen, die in Gefahr sind, um zu vermeiden, dass sich die Epidemie ausbreitet.«

Sein kleiner Kopf schwang auf und ab.

»Danach müssen wir uns über Hexen schlaumachen, denn um seinen Feind zu besiegen, ist es wichtig, ihn zu kennen.«

Mein Plan schien ihm zu passen. Ich muss aber auch sagen, ganz ohne Angeberei, dass er exzellent war. Leider verlor Totor recht schnell das Interesse an unserem Gespräch. Er wurde von allem angezogen, was ihn umgab. Er blieb stehen, um an den Bäumen, den Straßenlaternen und fast jedem Mülleimer zu schnuppern. Als wir an einem langen Metallzaun entlanggingen, hinter dem es einen Hund gab, entwickelte er eine diebische Freude daran, langsamer zu gehen, um ihn zum Bellen zu bringen. Seine Pupille jubilierte, als der Köter anfing, auf der Stelle herumzutrampeln, mit Schaum vor der Schnauze vor lauter Wut, und er frohlockte so richtig, als der Hund von seinem Herrchen ausgeschimpft wurde.

»Meine Güte, du kannst nachher noch deinen Spaß haben! Komm jetzt, wir müssen uns beeilen, jede Sekunde zählt.«

Und so gelangten wir zum wunderbaren Dédé. Seine Eltern waren gerade dabei, den Kofferraum ihres Autos zu entladen.

»Wenn du André besuchen willst«, rief mir seine Mutter zu, »der ist in seinem Zimmer. Heute Morgen hat er mit Nestor zusammen Bücher aus der Bibliothek geholt, er liest sicher gerade.«

Verflixt! War es schon zu spät? Eine furchtbare Angst überschwemmte meinen Rücken mit Schweiß.

»Mensch, Ernest, du hast ja eine schöne Katze!«, fügte sein Vater hinzu.

Dann rieb er sich das Kinn und murmelte:

»Komisch, irgendwie kommt die mir bekannt vor. Ich habe das Gefühl, ihr schon mal irgendwo begegnet zu sein ...«

Als wir im oberen Stockwerk ankamen, öffnete ich sofort die Tür, ohne mir überhaupt die Zeit zu nehmen, vorher anzuklopfen. Ein fürchterlicher Anblick bot sich mir dar: Dédé lag mit einem entzückten Lächeln auf seinem Bett und las gerade das erste Kapitel von *Oliver Twist* ...

»Ach, du bist es! Du kommst gerade recht, dieses Buch scheint genial zu sein. Madame Livre hat es mir empfohlen. Erstes Kapitel. Hör dir das mal an. Der Titel: ›Vom Ort, an dem Oliver Twist geboren wurde, und von den Umständen, die seine Geburt begleiteten‹.«

Mir blieb kaum Zeit, »Neiiiiiiin!« zu schreien, da geschah schon die Katastrophe: Mit einem gedämpften Explosionsknall entlud sich eine leuchtend grüne Rauchwolke und für ein paar Sekunden sahen wir gar nichts mehr. Die Luft um uns herum knisterte. Erschrocken flüchtete sich Totor unter das Bett. Entsetzlicher Schwefelgestank erfüllte das Zimmer. Ich hielt mir die Nase mit Daumen und Zeigefinger zu und ging näher heran. Der grüne Rauch löste sich langsam auf. Das Unumkehrbare war geschehen. Auf dem Bett lagen nur noch das Exemplar von *Oliver Twist* und grauer Staub, der so leicht war wie Asche. Dieselbe geheimnisvolle Anziehungskraft ging von dem Buch aus, irgendetwas in ihm rief mich unwiderstehlich. Die Brille! Schnell, meine Vulkangestein-Brille!

Durch sie hindurchblickend entdeckte ich ohne Überraschung gänzlich weiße Seiten. Jetzt gab es keinen Anlass mehr zu irgendeinem Zweifel. Diese Brille schützte mich vor den Büchern, die durch die Spucke der fürchterlichen Xanthippen verzaubert worden waren. Das war der Grund, warum die abscheulichen Kreaturen sie trugen. Ein Buch zu öffnen hieß für sie, sich einer schrecklichen Gefahr auszusetzen, und mithilfe der Brillen bewahrten sie sich davor. Wenigstens kannte ich jetzt einen ihrer Schwachpunkte: Bücher. Uns Menschen schützen Bücher. Wir finden bei ihnen Zuflucht vor Langeweile, Dummheit, Bedeutungslosigkeit, Gewalt und lauter anderen schlechten Dingen. Aber für die Hexen schien es genau andersherum zu sein.

Was passierte ihnen wohl, wenn sie sich ohne diese riesigen Brillen in ein Buch vertieften? Ich wusste es nicht, hatte aber fest vor, genau das herauszufinden.

Noch ganz in diese Gedanken versunken, bekam ich nicht mit, was um mich herum geschah. Aber plötzlich holten mich die Schreie von Dédés Eltern in die Wirklichkeit zurück. Sie waren immer noch vor dem Haus und riefen:

»Dreckiges Viech! Fang es! Fang es! Drecksviech!«

Ich sah, dass der Kater Nestor die Brauen hob, wie man es tut, wenn man traurig und tief betrübt ist.

»Glaubst du, dass …«

Ich öffnete das Fenster und beugte mich hinaus. Dédés Vater rief mir zu:

»Es scheint eine Ratte im Haus zu sein. Eine große Ratte. Wo ist Dédé?«

»Äh … Er liest auf seinem Bett.«

»Sag ihm, er soll kein Essen herumliegen lassen.«

Nestor und ich waren niedergeschmettert. In seinen Pupillen las ich eine riesige Sorge. Ein klagendes Stöhnen kam aus seiner Schnauze.

Ich bückte mich, um ihn zu streicheln.

»Aber du wirst Dédé nicht fressen, oder? Das wäre schade.«

Sein zur Seite geneigter Kopf und seine raue Zunge, die herauskam, um die Lefzen zu lecken, ließen mich leider nichts Gutes ahnen.

Als einzige Antwort begann der Kater, wie wild mit

seinen Krallen am Teppichboden zu kratzen. Das machte *Krrt krrt krrt*, und ich fragte mich, welche Botschaft er mir damit vermitteln wollte.

Kapitel 6

Warum es von Vorteil ist, gern Scrabble zu spielen

Bei Dédé blieb nicht mehr viel zu tun. Ich schnappte mir das *Oliver-Twist*-Buch und schob es wie ein Beweisstück in eine Plastikhülle. Etwas niedergeschlagen, das gestehe ich, verließ ich oder verließen vielmehr wir, der Kater Nestor und ich, Dédés Zimmer.

»Siehst du«, sagte ich zu Totor, »du hast gar kein Recht, dich über dein Schicksal zu beklagen. Ein Leben als Ratte ist viel gefährlicher als ein Katzenleben und viel weniger angenehm. Du bekommst Streicheleinheiten und feine Leckerlis, er hingegen Fallen und Rattengift.«

Da ihn das wohl nicht ganz überzeugte, fügte ich hinzu:

»Und denk dran, du hättest auch in einen Regenwurm

verwandelt werden und am Angelhaken enden können, oder in eine Küchenschabe, die alle zerquetschen wollen. Oder noch schlimmer: in einen Mistkäfer, der den ganzen Tag Kacke frisst.«

Diese Vorstellung, das gebe ich zu, brachte mich für eine halbe Sekunde zum Grinsen.

Jedenfalls konnten wir unseren Freund nicht in seiner Einsamkeit als Nagetier zurücklassen und den Fallen, die das Leben ihm sicher noch stellen würde, einfach ausliefern. Ich kannte ihn als Leckermaul, also würde er sicher mit gesenkten Schnurrhaaren gleich auf das erste Schälchen mit vergiftetem Käse zustürzen. Wir mussten ihm unbedingt sofort helfen. Da er bestimmt nicht im Haus geblieben war, beschlossen wir, uns nah bei den Mülltonnen eines benachbarten Restaurants in Stellung zu bringen. Es gab überhaupt keinen Zweifel daran, dass dieser Müllberg voller Leckereien (für eine Ratte – für einen Menschen war es einfach ekelhaft) ihn anlocken würde. Die Ratte Dédé musste ganz sicher genauso naschsüchtig geblieben sein wie der Junge Dédé, und ich sage es dir, darin war er echt gut. Um es kurz zu machen: Ich war sicher, er würde an diesem Müllberg-Festessen nicht vorbeilaufen können, ohne dass ihm das Wasser in der Schnauze zusammenlief.

Und ich hatte mich nicht getäuscht: Dédé war sogar schon da. Sein Kopf war in einem Haufen Schalen von Obst und Gemüse abgetaucht und nur sein Hinterteil mit dem umherpeitschenden dünnen Schwanz schaute noch hervor. Wahrscheinlich war das ein Zeichen, dass er fröhlich war. Er ließ es sich sichtbar schmecken. Wir konnten ihm dabei zusehen, wie er wieder auftauchte und seine Schnurrhaare in den Wind hielt, eine halbe Wurst zwischen den Zähnen und ein Stück Möhrenschale auf dem Kopf. Aber seine Freude währte nur kurz, denn ein Angestellter des Restaurants, der ihn erblickt hatte, stürzte sich auf ihn.

»Ich krieg dich, dreckige Ratte!«, schrie er und hieb auf gut Glück mit einem langen Metallspieß in den Müllhaufen. »Ich krieg dich noch!«

Jedes Mal, wenn die spitze Waffe in den Müllhaufen stieß, zitterten wir vor Angst, dass sie mit unserem aufgespießten Freund wieder hervorkommen würde. Nach ein paar Schrecksekunden eilten wir ihm zu Hilfe, Nestor mit ausgefahrenen Krallen und ich mit geballten Fäusten. Ich weiß nicht, geduldiger Leser, ob du es schon mal mit einem wütenden Kater zu tun bekommen hast. Falls ja, dann weißt du, dass du gegen einen solchen Feind kaum etwas ausrichten kannst und besser fliehst; denn wenn er dir seine Krallen in die Haut rammt, wünsche ich dir viel Glück.

Mein Freund Nestor schlug nun wütend die seinen in den Nacken des Kellners, der Dédé aufspießen wollte. Während dieser damit beschäftigt war, unglücklich zu jammern, wühlte ich so schnell wie möglich im Müllhaufen. Meine Hände stießen auf allerlei Klebriges, Pappiges, Feuchtes und ziemlich übel Riechendes. Ich brauchte gut drei Minuten, um Dédé ausfindig zu machen – oder das, was von ihm übrig war, in einen Joghurtbecher verkrochen, vor Angst bebend.

»Bleib nicht da drin, Dédé, komm schnell.«

Während ich meinen Satz zu Ende sagte, zeigte ich ihm meine Hosentasche, und seine Rattenintelligenz befahl ihm, hineinzuspringen. Sang- und klanglos machten wir uns sofort aus dem Staub und rannten außer Atem bis zu mir nach Hause.

*

»Jeder gemeinsame große Kampf gegen einen Feind erfordert ein Hauptquartier«, sagte ich, »ein Entscheidungszentrum. Unseres wird der Speicher. Da bestimmen wir, welche Strategie wir ergreifen. Meine Eltern kommen nie da hoch, also werden wir dort unsere Ruhe haben. Und weil ich ein Mensch bin, werde ich euer General sein.«

Die beiden Tiere schienen nur mäßig begeistert von dieser Organisation, und es stimmt ja auch, dass es aus der Warte einer Katze oder Ratte keinen Grund gab, warum ich ihr Chef sein sollte.

»Ich bringe euch etwas zu essen mit«, sagte ich. »Macht euch keine Sorgen, euch wird nichts fehlen.«

Diese Aufmerksamkeit schien ihnen Freude zu machen, und sie ließen sich darauf ein, mir die Rolle des Generals unserer kleinen Armee zu überlassen.

»Und was euch angeht, meine lieben Freunde: Ihr werdet mein Generalstab. Dich, Kater Nestor, ernenne ich zum Oberleutnant, und du, Ratte André, wirst … Hauptmann. Passt euch das?«

Nein, offensichtlich passte es ihnen nicht. Ihre Augen warfen sich Blitze zu, und auf die Hinterpfoten gestemmt, voller Eifersucht, waren sie bereit, jeden Moment aufeinander loszugehen. Ich hätte es ahnen sollen. Sie waren und blieben Rivalen. So war es schon immer gewesen.

Bei der gemeinsamen Tagesmutter: »Du hast ein Fläschchen? Dann will ich ein doppelt so großes!«

Im Kindergarten, in dem sie in derselben Gruppe gewesen waren: »Du hast ein Bonbon? Dann will ich einen Lutscher!«

In der Grundschule, in der ich sie kennengelernt hatte: »Du hast einen Belohnungspunkt? Dann will ich zwei!«

Daran hatte ihre Verwandlung rein gar nichts geändert. Angesichts dieser Kindereien kochte mir mein Generalsblut in den Adern.

»Wir befinden uns in einem Kampf!«, brüllte ich. »Im Kampf! Begreift ihr das? Und nicht gegen irgendwen! Sondern gegen Hexen, die Leser in kleine Tierchen verwandeln wollen. Also, damit das klar ist: Lasst euch gesagt sein, dass eure kleinlichen Eifersüchteleien in unserer Armee nichts verloren haben. Heldentum, Disziplin, Zusammenhalt, das sind unsere einzigen Regeln.

Macht so weiter mit eurem Benehmen und ich sperr euch bei trockenem Brot und Wasser ein.«

Dieses Machtwort beeindruckte sie sichtlich. Betreten blickten sie auf ihre Pfoten. In sanfterem Ton fuhr ich fort.

»Unsere Devise wird die der drei Musketiere sein: Einer für alle! Alle für einen!«

Die Erinnerung an diese Lektüre, die uns begeistert hatte, reichte aus, um meine Soldaten zur Ruhe zu bringen. Die gebleckten Zähne der Ratte verschwanden, die Katze fuhr ihre Krallen wieder ein.

Ich holte ein Scrabble-Spiel hervor. Damit wollte ich den Computer ersetzen, der es mir ermöglicht hatte, mit Totor zu kommunizieren. Jetzt konnten die beiden einfach die Buchstaben in die richtige Reihenfolge legen und damit Wörter bilden. Der Austausch würde anfangs etwas langsam und mühselig werden, aber ich war sicher, dass es funktionieren sollte. Der erste Satz, den die Ratte legte (es dauerte mindestens zehn Minuten), war dieser:

»Vergiss nicht, dass aus großer Macht große Verantwortung folgt.«

Spiderman hatten wir natürlich zusammen geguckt. Aber das änderte nichts daran, dass Dédé recht hatte.

Ich musste mal kurz an die frische Luft gehen, um mir meinen Schlachtplan zurechtzulegen.

»Während ihr auf mich wartet, lasst euch nicht erwischen«, befahl ich. »Macht kein Geräusch. Und vor allem, bleibt zusammen.«

Beide nickten. Ich konnte mich auf sie verlassen.

Das Alleinsein und die Stille taten mir gut: Ich genoss die frische, milde Luft, die in meine Lungen strömte. Nach und nach bekam ich einen klaren Kopf. Ich fühlte mich kampfeslustig. Meine Verantwortung war selbstverständlich riesig, aber ich hatte überhaupt keinen Zweifel daran, dass es richtig war, diesen Kampf zu führen. Denn du weißt es genau, lieber Leser, Bibliotheken zu retten bedeutet, die Menschheit zu retten. Später, wenn unsere Heldentaten an die Öffentlichkeit dringen würden, würde ich alle Ehrungen dafür verliehen bekommen. Ich sah mich schon in den 20-Uhr-Nachrichten, sogar im Panthéon, der Pariser Ruhmeshalle für verstorbene französische Helden. Sprich: Ich war schon dabei, mir etwas darauf einzubilden, obwohl ich noch nicht mal einen Angriffsplan hatte. Ich dachte an meine Truppe und kaufte einige Dosen Thunfisch für den Kater und ein großes Stück Käse für die Ratte. Satt kämpft es sich besser.

Ich gesellte mich wieder zu ihnen auf den Speicher. Während meiner Abwesenheit waren die Dinge dort nicht so gut gelaufen wie vorgesehen. Stolz aufgerichtet auf einem großen Koffer, mit gesträubtem Fell und ausgefahrenen Krallen, ließ Totor den Blick seiner senkrechten Pupillen durch den Raum schweifen, und ich verstand sofort, dass er Dédé auflauerte, der sich irgendwo versteckt halten musste.

»Ach kommt, Freunde, ich hatte euch doch gebeten,

euch nicht zu streiten!«, rief ich. »Wie sollen wir denn gegen diese Hexen-Bande kämpfen, wenn wir keine aufeinander eingeschworene Armee bilden? Euer Benehmen ist unserer Mission nicht würdig. Wahre Soldaten können gegen ihre Natur ankämpfen, glaubt mir das.«

»Wir haben es versucht«, antwortete der Kater, indem er die Scrabble-Buchstaben dafür zusammensuchte, »doch leider haben wir versagt. Gegen seine eigene Veranlagung zu kämpfen, erfordert Hartnäckigkeit.«

Nun war Dédé dran und legte, wenn auch langsamer, ein paar Buchstaben hin, um zu präzisieren:

»Und Zeit.«

Er warf Totor misstrauische Blicke zu.

Diese philosophischen Fragen kosteten mich Kraft und raubten uns eben genau: Zeit. Ich öffnete eine Dose Thunfisch und schnitt den Käse in Würfel.

»Also gut, das hier wird euch für einen Moment zur Ruhe bringen. Alle zu Tisch!«

Der Kater fing zu schnurren an und rieb sich an meinen Beinen, während die Ratte ganz vorsichtig ihre Schnurrhaare blicken ließ und ihre Probleme vergaß, um die Käsestücke in Angriff zu nehmen. Es liegt einfach in unser aller Wesen, dass wir essen. Ein gefüllter Magen kann immer und überall eine gute Arbeitsgrundlage und etwas Versöhnliches darstellen. Während ich die beiden beobachtete, rätselte ich, was Hexen überhaupt essen. War an den Horror-Menüs, von denen man bei ihnen sprach, etwas Wahres dran? Eigentlich kannte ich mich mit Hexen gar nicht so gut aus, und es war höchste Zeit, dass ich mich über sie informierte. Ich musste so schnell wie möglich meinem Großvater Pollux einen Besuch abstatten. Er war ein ausgesprochen gebildeter ehemaliger Universitätsprofessor. Seine Kenntnisse und seine riesige Bibliothek konnten sicher sehr hilfreich sein, um meine Freunde zu retten. Wir mussten eine Lösung finden, bevor ihre Eltern ihr Verschwinden bemerkten.

Diese Idee machte mich nervös, und um mich zu beruhigen, schaltete ich das Radio ein. Jetzt kamen die Nachrichten. Vielleicht hatten die Bücherhexen auch anderswo in der Welt von sich reden gemacht. Ich war überzeugt, dass diese Kreaturen nicht ihr ganzes Vorhaben offengelegt hatten und die Bibliotheken für sie nur der Anfang waren, eine Art Eintrittspforte in unsere Welt. Was sie eigentlich wollten, war: das Universum erobern. Und das ist ganz schön viel.

Doch neben den gewohnten Neuigkeiten wie bewaffneten Konflikten, Zug-Entgleisungen, Raubüberfällen, Klimakatastrophen und verschiedenen Attentaten wurde nichts Außergewöhnliches aus Bibliotheken gemeldet. Das war aber auch nichts Besonderes: Schließlich wird über Bibliotheken selten gesprochen. Ich nahm mir fest vor, das zu ändern, sobald ich berühmt wäre.

Jetzt, wo sie den Bauch voll hatten, waren mein Oberleutnant und mein Hauptmann bereit, die Dinge von ihrer guten Seite zu sehen.

»Ich frage mich, wie viele Leser dasselbe Schicksal erlitten haben wie wir«, verkündete Hauptmann Ratte. »Warum sollten wir die Einzigen sein, die verwandelt wurden?«

Das war der richtige Augenblick, um ihn zu bestärken.

»Kluge Bemerkung, Hauptmann Ratte. Ich gratuliere dir zu deinem scharfen Verstand. Ich denke, unsere Bibliothek ist die erste, die den Hass der Hexen auf sich zieht, weil Madame Livre den Preis als Beste Bibliothekarin Frankreichs gewonnen hat.«

Oberleutnant Kater, der nicht zurückstehen wollte, machte sich nun seinerseits daran, mit seinen Pfötchen die Buchstaben zusammenzuschieben.

»Und anschließend greifen sie dann überall an, wie Außerirdische. Keine Leser mehr, keine Bücher mehr, keine Bibliotheken mehr, sprich: der Weltuntergang.«

In seinem Katerblick lag eine solche Überzeugung, dass ich spürte, wie die Angst mir den Brustkorb zuschnürte.

Hauptmann Ratte zuckte mit seinen kleinen Schultern und hielt sich die Pfote vor seine Schnauze, um ein Glucksen zu unterdrücken, als Zeichen tiefer Verachtung. Dann legte er die Scrabble-Plättchen so, dass er damit verkündete:

»Dazu muss man sagen, dass wir nicht in dieser Lage wären, wenn du aufgepasst hättest!«

Das Fell des Katers sträubte sich sofort und seine Krallen kamen wie Messer hervorgeschossen. Er war so gereizt, dass er fiebrig in den Plättchen wühlte, um zu antworten:

»Ich habe es nicht nötig, mir von einer Ratte eine Lektion erteilen zu lassen. Lächerliches Würmchen!«

»Flegel!«, erwiderte Dédé.

»Einfaltspinsel!«, machte Nestor weiter.

Dann drehte er seinem Komplizen den Rücken zu, verschränkte die Vorderpfoten vor dem Oberkörper, neigte den Kopf zur Seite und verharrte so, den Blick zur Decke gerichtet. Sprich: Er schmollte. Also fing ich an zu brüllen (das gelang mir besser und besser): »Ich habe die Nase voll von euren Albernheiten! Ich warne euch, wenn ihr hier weiter herumstreitet, dann kämpfe ich alleine weiter! Und außerdem könnt ihr euch dann gefälligst selber darum kümmern, wie ihr wieder zu Menschen werdet! Mal ganz davon abgesehen, dass ich euch über Nacht hinausschicke, und zwar zu euresgleichen. Ehrlich, Freunde, ich kann mir euch sehr schlecht unter einer Horde Ratten oder verwilderter Katzen vorstellen. Ihr glaubt doch wohl nicht im Ernst, dass wir mit so einem Benehmen von euch die Hexen besiegen! Denkt daran: Heldentum, Disziplin, Zusammenhalt! Hauptmann Ratte, entschuldige dich bei Oberleutnant Kater dafür, dass du ihn provoziert hast. Und du, Oberleutnant Kater, sei nicht so empfindlich. Los, vertragt euch und gebt euch die Pfote.«

Sie gaben sich lasch die Pfote und schauten dabei weg. Das war ein Anfang. Letztendlich musste ich nachsichtig sein. Sich in der Haut einer Ratte oder Katze wiederzufinden, ohne darauf vorbereitet zu sein, muss einen ziemlich aus der Bahn werfen. Ich setzte mich in einen Korbsessel, schlug die Beine übereinander und erklärte:

»Freunde, ich frage mich, was Madame Livre über die Lage denken könnte. Sollten wir sie nicht über diese Hexen-Invasion informieren?«

»Jawohl«, erklärte Totor. »Vielleicht hat sie bereits von dieser Unheil bringenden Bande gehört. Was denkst du, Hauptmann Ratte?«

»Bestätige«, sagte der Angesprochene einfach nur.

»Aber vorher«, fügte ich hinzu, »müssen wir unsere Feinde kennenlernen, uns über ihre Ziele schlaumachen, über ihre Methoden und mögliche Schwachstellen. Die Theorie kommt zuerst. Man gewinnt immer genauso mit dem Hirn wie mit den Muskeln.«

»Nicht verkehrt«, erklärte Oberleutnant Kater. »Aber an diese Art von Wissen kämen wir eben genau in Bibliotheken.«

»Ich habe eine andere Idee«, sagte ich.

»Wir hören dir zu, General.«

Totor und Dédé standen alle beide stramm auf ihren Hinterpfoten und ich musste lächeln.

Kapitel 7

Warum es von Nachteil ist, Seeigel nicht ausstehen zu können

Ich schlug meinem Generalstab vor, meinem Großvater Pollux, der nicht weit von mir entfernt wohnte, einen Besuch abzustatten. Was der Generalstab auch sofort annahm, indem er versuchte, die Hacken zusammenzuschlagen (doch dabei versagte er).

Mein Großvater war früher Universitätsprofessor mit dem Spezialgebiet Mittelalter gewesen. Selbst im Ruhestand setzte er seine Forschungen in der Einsamkeit seiner riesigen Bibliothek fort. Er las fließend alle möglichen alten Sprachen wie Sanskrit, den Linearschriften A und B, Aramäisch und so weiter. Griechisch, Latein und Altfranzösisch beherrschte er selbstverständlich aus dem Effeff. Mein Vater, der davon träumte, ihn zum Videospielen zu bekehren, hatte ihm einen megastarken Computer geschenkt. Aber natürlich benutzte mein Großvater ihn nicht für Online-Spiele, sondern um allerlei seltene alte Bücher in den Bibliotheken der ganzen Welt aufzuspüren. Seine eigene war daher sehr beeindruckend (als ich klein war, hatte ich angefangen, die Bücher darin zu zählen, und beim 7232sten aufgehört). Und er konnte sich rühmen, ein paar bestimmte Manuskripte und Zauberbücher zu besitzen, die es nirgendwo sonst gab. Sprich: Der alte Pollux war ein richtiger Schlauberger.

Meine Eltern hatten lieber nichts mit ihm zu tun, denn die drei hatten sich nicht viel zu sagen. Mama und Papa hielten ihn für einen verrückten Alten und fürchteten seinen Einfluss auf mich. Wenn mich also jemand ernst nehmen und mir etwas zu Hexen und ihren finsteren Plänen sagen konnte, dann war das genau mein Großvater.

Apropos, lieber Leser, du fragst dich bestimmt, wo meine Eltern abgeblieben waren und durch welches Wunder wir, mein Generalstab und ich, diese Ruhe hatten, nach Belieben kommen und gehen zu können. Wenn du dir solche Fragen stellst, dann liegt das daran, dass deine Eltern keine Computerspiel-Freaks sind. Meine waren im Keller damit beschäftigt, dieses oder jenes neue Spiel zu testen, bevor es auf den Markt kam. Mit dem Headset auf dem Kopf, Super-Gamer-Maus in der Hand und einem Prozessor anstatt eines Gehirns klickten sie wie geisteskrank herum, um die Köpfe all dieser ekelhaften pixeligen Gestalten zu zerschießen, die in ihre digitale Welt einfallen wollten. Und wenn sie auf diese Weise damit beschäftigt waren, den Planeten zu retten, konnte nichts und niemand sie ablenken.

Mein Großvater saß im Rollstuhl und kam kaum vor die Tür. Früher jedoch war er während seiner Reisen auf so viele paranormale Erscheinungen gestoßen und hatte so vielen unerklärlichen Ereignissen die Stirn geboten, dass ich ihm gegenüber ganz offen sein konnte.

Sobald wir bei ihm eingetroffen waren, machte ich ihn mit meiner Armee bekannt, was ich selbstverständlich bei niemandem sonst so getan hätte.

»Großvater, darf ich dir vorstellen: Das sind Oberleutnant Kater und Hauptmann Ratte, meine beiden Offiziere.«

Die beiden standen stramm, um einen guten Eindruck zu machen, den Rücken in der Senkrechten, die Schnurrhaare in der Waagerechten, die Ohren angelegt, den Bauch eingezogen.

Mein Großvater fand es ganz normal, sie zu grüßen, indem er seine Hand an die Stirn führte und erklärte:

»Ist mir eine große Ehre, Oberleutnant Kater und Hauptmann Ratte. Rührt euch, wegtreten.«

Ich brauchte ein paar Minuten, um ihn in die Lage der Dinge einzuweihen. Wie ich es vorhergesehen hatte, brach er nicht in Gelächter aus und unterstellte mir nicht, eine Schraube locker zu haben, was sicher jeder andere Erwachsene getan hätte. Stattdessen rieb er sich lange das Kinn und verkündete:

»Hmm, diese Ereignisse erstaunen mich nicht im Geringsten. Die Bücherhexen hatten schon eine Weile nicht mehr von sich reden gemacht.«

»Dann gibt es sie also wirklich?«

Mein Großvater zuckte mit den Schultern und schnäuzte sich danach lange die Nase.

»Selbstverständlich gibt es sie. Es hat sie immer gegeben und wird sie immer geben. Manche dieser Kreaturen sehen aus wie die Hexen von früher: Sie fliegen auf einem alten Besen, tragen einen spitzen Hut, haben eine Hakennase und eine haarige Warze auf dem vorspringenden Kinn. Aber andere, modernere, bewegen sich auf einem Staubsauger fort, viel schneller als der traditionelle Besen, und haben ihren alten Hut durch eine Kappe ersetzt. Die sind die schlimmsten, denn sie sind viel bösartiger und schwieriger zu entlarven. Dennoch haben sie alle zwei Eigenschaften, an denen man sie eindeutig als Hexen erkennt.«

Ich unterbrach ihn:

»Ihr kleiner Finger ist ganz steif.«

»Exakt«, bestätigte er. »Wie in der Serie *The Invaders*, die ich früher geschaut habe. Aber es gibt noch etwas Seltsameres: Sie haben keinen Bauchnabel!«

»Keinen Bauchnabel?«

»Genau. Und dafür gibt es eine ganz einfache Erklärung: Hexen werden nicht geboren wie Menschen.«

Ich fragte ihn über das Phänomen der zwei Monde aus, das mir am allerüberraschendsten erschien, doch selbst dieses Detail erstaunte ihn nicht.

»Ich nehme an, dass sie diesen zweiten Mond brauchen, um daraus negative Energie zu schöpfen.«

Er rieb sich erneut das Kinn und überließ mich meinem Staunen, bis er schließlich weitersprach:

»Dass sie Bücher und ihre Leser angreifen, wird sicher gewisse Gründe haben, die wir noch verstehen müssen.«

Er fuhr mit seinem Rollstuhl zu einer bestimmten Abteilung seiner Bibliothek, die besonders staubig und für alte Zauberbücher, mittelalterliche Handbücher und antike Manuskripte reserviert war. Es waren Hunderte über Hunderte.

»Hierin wirst du sicher alle Antworten auf deine Fragen finden ...«

Er überlegte und fügte hinzu:

»Und wahrscheinlich auch etwas, womit du deine Freunde retten kannst.«

Mit der Spitze seines Gehstocks zeigte er uns, welche Bücher am interessantesten waren, und an meinen Führungsstab gewandt befahl er:

»Oberleutnant Kater, Hauptmann Ratte: Operation Lesen. Ausführen!«

Und so tauchten wir in diesen Ozean ein, der aus alten Papieren, Pergamenten und Tinte bestand und seit Jahren geschlafen hatte. Mein Großvater blieb da und übersetzte uns die alten Wörter, die wir nicht verstanden. Staubwolken entstiegen den Seiten, die wir aufschlugen. Davon mussten wir niesen. Aber es hätte viel mehr gebraucht, um uns zu entmutigen, und erst zwei Stunden später rief Pollux:

»Enkel, zum Rapport!«

»Ein alchemistischer Mönch des 13. Jahrhunderts behauptet, dass die ersten Hexen sanftmütig und umgänglich waren. Sie hatten nichts gegen Bücher und auch nichts gegen Kinder, ganz im Gegenteil. Manche von ihnen schrieben sogar ihre Erinnerungen auf, mit vielen Rechtschreibfehlern, aber die waren nicht schlimm. Doch eines schönen Tages lehnten sie sich auf und erklärten Büchern den Krieg. Warum? Weil sie festgestellt hatten, dass die meisten Bücher, vor allem die für Kinder, ein furchtbares Bild von ihnen zeichneten und sie in gleichermaßen grausame wie lächerliche Kreaturen verwandelten. So entstand die berüchtigte ›Bücherhexen-Bande‹. Am Anfang hatte sie noch nicht besonders viele Mitglieder, und da fast niemand lesen konnte und kaum Bibliotheken existierten, hatten sie wenig Arbeit: Sie gaben sich mit einer kleinen Attacke hier und einem kleinen Angriff dort zufrieden, damit ihr Zauberstab nicht einrostete. Die Jahrhunderte vergingen und der Hass der Hexen wuchs mit der wachsenden Zahl von Büchern und Bibliotheken.«

Mein Großvater unterbrach mich.

»Perfekt zusammengefasst. Und jetzt, wo jeder lesen kann und Bibliotheken allen offenstehen, tauchen die Bücherhexen aus der Vorhölle der Jahrhunderte auf. Roald Dahls Romane und alle anderen modernen Bücher, in denen Hexen eine Rolle spielen, haben ihre Geduld ausgereizt!«

»Aber warum haben sie es denn speziell auf Kinder abgesehen?«, fragte ich.

»Denk mal ein bisschen nach, verflixt! Kinder sind doch die, die am meisten lesen, weil sie die meiste Zeit dazu haben. Und ein Kind, das liest, wird auch als erwachsener Mensch lesen. Deshalb sind sie es, die man zuallererst loswerden muss.«

Es war tatsächlich völlig logisch, dass sie besonders über die Kinderbücher herfielen. Je mehr Kinder, desto mehr Leser, und je mehr Leser, desto mehr Bücher.

Mein Generalstab und ich lauschten aufmerksam meinem Großvater, der sich offensichtlich sehr gut auskannte.

»Also«, fügte er hinzu, »müssen sie, um die Quelle versiegen zu lassen, die Ansteckungsgefahren beseitigen: die ansteckenden Leser und Bibliothekare. Die Lehrer kommen erst danach dran, denn auf die hören Kinder weniger. Oder sogar überhaupt nicht.«

Ich schaute zu Totor und Dédé hin. Sie starrten wie versteinert zurück. »Madame Livre!«, rief ich. »Sie ist in Gefahr!«

Mir die arme Annette Livre im Kampf mit diesen Dämoninnen vorzustellen, wrang mir das Herz wie einen Wischlappen.

»Kluge Schlussfolgerung, General«, erklärte mein Großvater.

Seine Stimme war gebrochen, als ob er Schluchzer zurückhielt. Seine Augen wurden feucht.

»Zu meiner Zeit war es schon …«

Mein Großvater führte seinen Satz nicht zu Ende. Angst blitzte in seinem Blick auf. Er hatte zu viel verraten, oder vielleicht auch zu wenig (mir ist aufgefallen, dass das bei Erwachsenen oft so ist).

»Zu deiner Zeit? Was meinst du damit? Antworte uns!«

Mein Blick ruhte für einen Moment auf all den lateinischen und altfranzösischen Zauberbüchern, die wir unter die Lupe genommen hatten, und plötzlich sprang mir das Offensichtliche ins Auge.

»Was hast du mit den Hexen zu tun? Wenn du so viel über sie weißt, dann hast du doch bestimmt auch schon mit ihnen gekämpft!«

Genau in dem Moment hörte ich Oberleutnant Kater und Hauptmann Ratte miauen und fiepen (denn ja, lieber Leser, eine Ratte fiept, probier mal, sie in einem gemütlichen Familienabend unterzubringen, das wird lustig), was meine Aufmerksamkeit weckte. Ich gebe zu, ich hatte die beiden ein bisschen vergessen.

»Was habt ihr denn jetzt noch aufgetrieben? Euch kann man aber auch keine Sekunde aus den Augen lassen.«

Statt beschämt die Nase zu senken, waren sie ganz

im Gegenteil sogar sichtbar stolz auf ihren Entdeckergeist.

Ich weiß nicht, durch welches Wunder es überhaupt möglich gewesen war, aber sie hatten es geschafft, eine dieser alten Metalltruhen zu öffnen, die Reisende früher auf Transatlantikschiffen mitnahmen. Sie war übersät mit Aufklebern, die den verschiedenen Reise-Etappen meines Großvaters entsprachen. Diese große Truhe war eine wahrhaftige Einladung zum Reisen! Die beiden Scherzkekse hatten ein Kostüm daraus hervorgezerrt und rackerten sich nun damit ab, es auseinanderzufalten.

Da wurde mir klar, dass meine Offiziere ihre Schnauzen und Schnurrhaare an die Stelle gesteckt hatten, an der sie meine Hilfe brauchten, um ihr Fundstück aufzufalten. Es war eigentlich weniger ein Kostüm, sondern mehr ein eng anliegender rosa Anzug. Und dazu gehörten ein grünes Cape und ein hellblauer Slip. Der Anzug war alt und hatte Löcher an den Knien, seine Farben waren ausgeblichen wie bei Sachen, die man nach Jahrzehnten des Vergessens auf einem Speicher wiederfindet.

Das Bild eines weit aufgeschlagenen Buches zierte die Brust des Anzugs. Und auf der weißen Doppelseite dieses Buches konnte man die handgeschriebenen Buchstaben *BMMT* lesen, unterstrichen von einem Blitz, der einmal goldfarben gewesen war.

Ich schnappte mir den Anzug, hielt ihn vor mich hin und erklärte:

»Gut gemacht, Hauptmann Ratte und Oberleutnant Kater! Genau meine Größe.«

Dann wandte ich mich meinem Großvater zu und sagte zu ihm:

»Dieser Anzug hat mal dir gehört. Ich würde sagen, da warst du ungefähr in meinem Alter.«

Als einzige Antwort warf er mir einen verdutzten Blick zu. Er zögerte sichtlich, ob er mir die Wahrheit über diesen Anzug eröffnen sollte.

»Was heißt denn ›BMMT‹?«, wollte ich nun unbedingt wissen.

»Bande der Mitternachtsmilchtrinker, wenn du es so genau wissen willst.«

»Was ist das?«

»Der Name meiner Bande.«

»Deiner Bande? Was für eine Bande hattest du?«

»Meine Witch-Buster-Bande. Du kannst auch Hexenjäger sagen, wenn dir das lieber ist.«

Ich kriegte vor Staunen den Mund nicht mehr zu. Mein verrückter alter Pollux ein Hexenjäger! Meine Kampfgenossen warfen sich beunruhigte Blicke zu. Da ihr Fell gesträubt war und ihre Schwänze nervös durch die Luft peitschten, konnte ich ahnen, dass sie sich nicht wohlfühlten.

»Na ja klar«, seufzte Pollux, »auch ich musste mich den Hexen entgegenstellen. Als ich jung war, griffen sie bereits die eingefleischten Leser an, die wahrscheinlich die anderen anstecken konnten, und wie du gehörte auch ich zu dieser Kategorie. Sobald ich ein Buch las, wollten sofort zehn Freunde dasselbe haben. Ich war ein ansteckender Leser und daher also ein erstklassiges Ziel für die Hexen. Ich und meine Anti-Hexen-Bande hatten in einem ägyptischen Papyrus entdeckt, dass man sich gegen einige ihrer Verhexungen und bösen Zauber schützen kann, wenn man in der Abenddämmerung ein Glas Milch trinkt.«

»Und hat das … hat das geklappt?«

»Nicht so ganz. Meine Bande ist dezimiert worden. Einer ist in einen alten Iltis verwandelt worden, eine in einen Schmetterling und ein anderer in einen Seeigel. Nur ich habe dem Zauberspruch widerstanden.«

Entsetzt rief ich aus:

»Ein Seeigel? Dieses Tier, das mit demselben Loch frisst und kackt?«

»Genau. Danach war zwischen uns nichts mehr wie zuvor. Die Mahlzeiten waren nicht mehr so schön und unserer Beziehung untereinander fehlte etwas.«

»Und dein Freund, der Iltis, hast du es geschafft, dass …«

»Leider nicht. Wir haben uns getrennt, und er ist für den Rest seines Lebens allein geblieben, denn er stank zu sehr. Meine liebe Freundin Babette, die ein Schmetterling geworden war, erlitt ein noch traurigeres Schicksal: Sie lebte nur einen Tag. Ich habe nie aufgehört, an sie zu denken.«

Er bat mich, ihm zu folgen, und zeigte mir einen

Glaskasten auf einer Kommode. In diesem war ein wunderschöner Schmetterling aufgepikst, dessen goldene Flügel einen schwarzen Strich am Rand trugen, als ob sie geschminkt wären.

»Das hier ist Babette Livre«, sagte er. »Sie hat mich nie verlassen. Es sieht so aus, als würde sie lächeln, findest du nicht?«

»Babette Livre?«, platzte ich heraus. »Aber …«

»Ja«, sagte er, »sicher aus der Familie eurer Superbibliothekarin.«

Er wischte sich ein paar mindestens fünfzig Jahre alte Tränen weg und seufzte.

»Unser Kampf gegen die Bücherhexen ist also gescheitert. Aber er war nicht umsonst, denn die Mörderinnen haben verstanden, dass sich Widerstand organisierte.«

Da holte ich die Vulkangestein-Brille hervor.

»Unser Kampf wird Erfolg haben, und wir werden dich rächen, dich und deine Freunde, den Iltis und den Schmetterling. Denn schau mal, was ich hier in der Hand habe.«

Pollux blickte erstaunt und verwundert auf die berühmt-berüchtigte Brille.

»Eine Vulkangestein-Brille! In einigen der ältesten Handschriften werden solche tatsächlich schon erwähnt. Mit dieser Erfindung wappnen sich die Hexen gegen die Bücher. Aber für dich ist das ein besonders guter Trumpf, weil sie dich vor den Büchern schützt, die von den Hexen verseucht sind. Verlier sie bloß nicht.«

Seinen Informationen nach waren einige dieser Brillen aus dem Gestein des Vesuvs gehauen worden, andere aus Ätna-Gestein oder solchem vom Kilimandscharo, und ihre Stärke hing davon ab, wie aktiv der Vulkan war.

»Da kannst du beruhigt sein, ich werde sie hüten wie meinen Augapfel. Aber du hattest noch nicht zu Ende erzählt. Was ist aus den Hexen geworden? Sind dir im Lauf deiner Reisen noch mehr von ihnen begegnet?«

»Sie haben sich nicht mehr blicken lassen. Wir hatten sie aufgespürt, und das hat sie wohl erschreckt. Ich nehme an, sie haben all diese Jahre genutzt, um ihre Leser-Neutralisierungstechnik zu perfektionieren. Ich wusste, dass sie früher oder später noch stärker und rachsüchtiger wieder auftauchen würden, um sich meine Nachkommen vorzuknöpfen. Da deine Eltern – diese Dummköpfe – nicht lesen, haben die Hexen sicher jahrelang ihren Ärger heruntergeschluckt. Aber jetzt sind sie tatsächlich wieder da, und nicht nur zum Spaß, glaub mir! Vielleicht hätte ich dich schützen sollen? Vielleicht hätte ich dich von Büchern fernhalten sollen?«

Pollux so reden zu hören, tat mir weh. Ihm verdankte ich meine Liebe zum Lesen. Als ich klein war und mich nicht auf meine computerspielverrückten Eltern verlassen konnte, war er derjenige gewesen, der mich zur Bibliothek begleitete. Dort verbrachten wir Stunden damit, auf die Kissen gefläzt alle Bücher zu verschlingen, die uns in die Hände fielen. Nun verstand ich, dass er, indem er in die Bibliotheken mitkam, mich auch vor möglichen Hexen-Angriffen zu schützen versuchte.

»Sag das nicht, Pollux, du beleidigst unsere Vergangenheit. Mit dir habe ich die schönsten Stunden meiner Kindheit verbracht.«

»Stimmt, wir haben viel Spaß gehabt«, räumte er verträumt ein. »Wir haben mehrmals die Welt umrundet.«

»Jeden Samstag sind wir in die Unendlichkeit gereist und noch viel weiter.«

Dieser Satz, den Buzz Lightyear in *Toy Story* gesagt hatte, schien mir besonders bedeutend.

»Bücher sind Leben«, fuhr ich fort, »und ich bin bereit, beide zu verteidigen.«

Mich wieder in diese Erinnerungen zu vertiefen, hatte mir gutgetan und mich noch kampfeslustiger gemacht. Mit der Moral meiner Truppe hingegen stand es nicht zum Besten. Totor und Dédé blickten gleichzeitig verängstigt und flehend drein, schauten mit weit aufgerissenem Maul zur Decke hoch und zitterten auf ihren Pfötchen. Ich verstand, dass sie zu zweifeln begannen, ob sie jemals ihre menschliche Gestalt wiedererlangen würden.

»Verliert nicht den Mut«, sagte ich, »und vor allem nicht die Hoffnung. Ihr könnt euch auf mich verlassen, ich bringe euch eure Gestalt wieder zurück. Die Lage ist ernst, das stimmt, aber nicht hoffnungslos.«

Es war ein ergreifender Augenblick. Ich hatte den Eindruck, eine historische Figur zu sein. Und so stieg ich in den Witch-Buster-Anzug, zog den Reißverschluss zu und sah im Blick meiner Offiziere ein gieriges Schimmern. Doch leider war der Anzug wirklich alt und ausgeleiert und stand überall ab. Unter den Armen war er sogar gerissen. Mit dem eng anliegenden Anzug von Spiderman hatte er nichts gemein.

»Guckt nicht so«, sagte Pollux, »ich mache auch euch beiden je einen Anzug, der zu euren Körperformen passt, sobald ich dazu komme. Bis dahin geht wieder in die Bibliothek. Versucht, die gefährlichen Bücher auszusortieren, damit sie keiner ausleiht. Schlagt im Verzeichnis nach, das Madame Livre führt, und sammelt Indizien, die ihr findet. Verbringt die Nacht dort und informiert Madame Livre, sobald sie morgen früh eintrifft.«

Kluger Plan. Denn unsere Superbibliothekarin nutzte immer den Sonntagvormittag, um die Aufräumarbeiten zu erledigen, für die sie in der Woche keine Zeit gefunden hatte. Die Bibliothek würde leer sein, und wir würden alle Zeit der Welt haben, mit ihr die gefährliche Situation zu besprechen.

Mein Großvater lenkte seinen Rollstuhl zum Kühlschrank.

»Die Abenddämmerung hat eingesetzt. Bevor ihr aufbrecht ...«

Er goss sich und mir jeweils ein Glas Milch ein und füllte zwei Schälchen für meine Offiziere.

Er hob sein Glas über seinen Kopf und rief:

»Auf die Erinnerung an meine liebe Freundin! Sie wurde zum Schmetterling, der sich im Kampf gegen die Hexen die Flügel verbrannte. Auf die unvergessliche Babette Livre!«

Kapitel 8

Warum es von Vorteil ist, eine Ratte als Hauptmann zu haben

Und so machten wir uns, mit Milch im Bauch und wehendem Umhang, auf den Weg zur Bibliothek. Meine beiden Freunde sausten wie der Wind vor mir her, die Schnurrhaare knapp über dem Asphalt. Trotz der Uhrzeit war es schon dunkel, denn es war Winter.

Als wir ankamen, fanden wir die Tür verschlossen vor.

»Soldaten«, sagte ich, »nun seid ihr am Zug. Schnüffelt überall herum und versucht einen Weg zu finden, wie wir da hineinkommen.«

Während Oberleutnant Kater sich nicht von der Stelle rührte und vor sich hin gähnte, fing der wesentlich aktivere Hauptmann Ratte gleich an, den Rinnstein zu beschnüffeln und sich einem Kanaldeckel zu nähern, vermutlich angezogen vom Gestank, der daraus hervorströmte.

Es dauerte nicht lange, da sah ich ihn schon wie von Zauberhand auf der anderen Seite der Tür wieder auftauchen, drinnen in der Bibliothek. Mit Magie hatte das jedoch überhaupt nichts zu tun, denn er war ganz einfach durch irgendein Stück der Kanalisation geschlüpft, wie nur Ratten es hinbekommen. Das Schwierigste stand aber noch bevor.

»Hauptmann Ratte«, sagte ich, »wenn du herausfindest, wie du uns die Tür öffnen kannst, befördere ich dich zum Gefreiten!«

Oberleutnant Kater warf mir einen zornigen Blick zu. In seinen senkrechten Pupillen sah ich heftige Eifersucht.

Hauptmann Ratte hatte es geschafft, eine Nagelfeile aufzutreiben, die er jetzt zwischen seinen winzigen Zähnchen hielt. Das verlangte ihm eine enorme Anstrengung ab, und der Kater und ich hielten die Luft an, während unser Kamerad, auf der Türklinke balancierend, versuchte, die Spitze der Feile ins Türschloss zu stecken. Schließlich schaffte er es, aber nur um den Preis unglaublicher Verrenkungen. Seine zarten, feinen Pfötchen zitterten auf der Türklinke.

Jetzt musste er es noch schaffen, die Feile in dem erwähnten Schloss auch zu drehen. Würde er die nötige Kraft dafür aufbringen? Hauptmann Ratte war knapp vor dem Scheitern, so viel Energie hatte er schon verbraucht. An seiner Flanke hob und senkte sich das Fell über dem heftig pochenden Herz. Und vor lauter heldenhafter Anstrengung waren wirklich alle Muskeln in seinem Körper angespannt. Kalte Schauer der Bewunderung liefen mir den Nacken hinunter. Plötzlich erstarrten seine roten Augen. Ich glaubte, ein trauriges Lächeln auf seiner Schnauze zu entdecken. Sofort begriff ich, was er vorhatte. Wenn er sich in die Tiefe fallen ließe, könnte er die Feile erreichen, sie unter dem schlagartigen Druck seiner Füße drehen und dadurch die Tür entriegeln. Dieser Akt der Kühnheit war unsere einzige Chance, in die Bibliothek einzudringen. Aber er konnte tödlich ausgehen.

»Nein, tu das nicht!«, schrie ich, während Totor panisch miaute und die Pfoten gegen die Scheibe stemmte.

Doch Hauptmann Ratte hörte nicht auf uns, sondern führte seine Pfote zu einem letzten Soldatengruß an die Stirn, ehe er sich ins Nichts stürzte. Seine Krallen streiften die Feile, die sich, wie erhofft, im Schloss drehte. Unser Held jedoch klatschte platt wie eine Crêpe auf den Boden.

Wir stürmten sofort hinein und blieben starr vor Entsetzen beim leblosen Körper unseres Freundes stehen. Totor stieß vor der sterblichen Hülle unseres Gefährten ein herzzerreißendes Katzenjaulen aus. Und wie er so schluchzte, verstand ich, dass er bitter bereute, seinem Freund nicht seine tiefe Zuneigung gezeigt haben zu können.

Mir selbst stiegen beißende Tränen in die Augen und schnürte sich die Kehle furchtbar zu. Mein Freund, den ich so gerngehabt hatte, den ich schon immer gekannt hatte, mit dem ich so viele Bücher getauscht hatte, war nur noch eine am Boden zerschmetterte Fellkugel. Seine winzige Zunge hing aus seinem Mund.

Gepeinigt vom Schmerz, meinen ewigen Mitstreiter verloren zu haben, verkündete ich meinem Oberleutnant feierlich:

»Eine große Ratte verlässt uns. Erweisen wir uns dieses Momentes als würdig. Schweigen wir eine Minute.«

Wir tauschten einen Blick und ich las Beunruhigung im Auge des einzigen Soldaten, der mir noch blieb.

»Du hast recht, Totor, unter diesen Umständen sollten dreißig Sekunden reichen.«

Diese halbe Minute kam mir unendlich vor. All die Jahre, die wir zusammen verbracht hatten, passten locker hinein. Der einzige Trost war, dass er wenigstens für eine gute Sache gestorben war, wie einst Babette Livre. Ich legte eine Hand zwischen die Ohren von Oberleutnant Kater und erklärte:

»Du sollst wissen, dass seine Schlauheit und sein Mut immer in unser aller Erinnerung bleiben und als Vorbild dienen werden.«

Ich beugte mich über Dédé, um ihm eine letzte Ehre zu erweisen, und stellte fest, dass immer noch ein leichter Hauch aus seinem Mund strömte. Ein Finger, den ich auf die Stelle legte, unter der sich sein Herz befand, bestätigte mir, dass dieses noch schlug, wenn auch sehr langsam. Hoffnung wallte in mir auf und elektrisierte mich.

»Dédé lebt!«, schrie ich. »Es ist nicht alles verloren! So lange noch Leben da ist, gibt es auch Hoffnung.«

Mir blieben nur wenige Sekunden, um eine Entscheidung zu treffen. Ich flüsterte Dédé ins Ohr und hoffte, dass er mich hören konnte:

»Halte durch, mein Lieber, wir kommen dich schon ganz bald holen. Und versprochen ist versprochen, deshalb wisse schon jetzt, dass du auf jeden Fall Gefreiter wirst, ob tot oder lebendig.«

Dann wandte ich mich meinem Oberleutnant zu, der sich gerade mit einer Pfote hinterm Ohr kratzte, und in Erinnerung an meinen letzten Italien-Urlaub rief ich:

»Avanti!«

Wir stiegen so leise wie möglich die Treppe zum Lesesaal hinauf. Ich blieb jedoch ein paar Sekunden stehen, um meinem Kampfgefährten zu sagen:

»Eine schwierige Schlacht steht uns bevor. Ich hoffe, wir werden sie überstehen, dennoch habe ich daran gewisse Zweifel. Oberleutnant Kater, ich will, dass dir eines bewusst ist: Auch dich halte ich für einen Helden, denn ich weiß, dass dein Mut und deine Opferbereitschaft genauso groß sein werden wie die deines Freundes.«

Es war sicher die Aufregung, die diese Großzügigkeit bei mir auslöste, denn genau genommen hatte der

Oberleutnant sich noch nicht mit einer einzigen kühnen Heldentat hervorgetan.

Ich wusste überhaupt nicht, ob er die Tragweite meiner Worte begriff. Seine Schnauze spannte sich an, sein kleiner Mund ging auf, verzog sich und verkündete:

»Miau.«

So etwas wie Schluchzer klang in seiner Stimme mit.

»Genug geredet«, sagte ich. »Gehen wir es an und versuchen wir, dabei unsern Mann zu stehen.«

Ich warf meinen Umhang so zurück, dass die Buchstaben *BMMT* zum Vorschein kamen, und ganz besonders der Blitz, der sie unterstrich. Wir warfen einen unauffälligen Blick in den Lesesaal. Dort herrschte Stille. Aber welche Überraschung, gemischt mit Erleichterung, war es, zu sehen, dass Madame Livre schon da war und sich gerade darum kümmerte, die Verzeichnisse auf dem aktuellen Stand zu halten und Kartons mit neuen Büchern zu öffnen. Keine Hexe am Horizont.

Die Anwesenheit der Bibliothekarin war eigentlich überhaupt nicht erstaunlich: Es ergab sich häufig, dass sie abends hierherkam, um ein wenig aufzuräumen, Bestellungen aufzugeben oder Verwaltungsangelegenheiten zu regeln. Sie hatte uns schon oft erzählt, dass sie allein lebte und deshalb die Bibliothek ihr eigentliches Zuhause sei und die Leser, die sie dort aufsuchten, ihre alleinige Familie.

Eine leise Vorahnung ließ mich dem einzigen Soldaten, der mich begleitete, raten, die Nachhut zu bilden.

»Man weiß ja nie«, sagte ich. »Wir trennen uns besser. Dann geraten wir nicht in denselben Hinterhalt, falls ein solcher unser Schicksal sein sollte. Außerdem sind Katzen in der Bibliothek verboten.«

Ich bemerkte, dass Oberleutnant Kater mir gar nicht genau zuhörte. Seine Aufmerksamkeit wurde von einem Aquarium angezogen, in dem ein Goldfisch schwamm. Das hatte ich noch nie gesehen. Wahrscheinlich hatte Madame Livre es hergebracht, um die Bibliothek etwas fröhlicher zu gestalten. Solche kleinen Aufmerksamkeiten hatten ihr den begehrten Preis eingebracht.

Ich ermahnte meinen Oberleutnant: »Geh auf keinen Fall näher an das Aquarium heran, und lass dir ja nicht einfallen, seinen Inhalt zu fressen. Ich habe dich nicht mitgenommen, damit du dir den Bauch vollschlägst, sondern um die Welt zu retten. Bleib auf der Hut, beobachte, man weiß ja nie.«

Madame Livre hatte mein Eintreffen bemerkt.

»Ach, Ernest!«, rief sie. »Da bist du ja. Was machst du denn?«

Sie sprach undeutlich und bekam die Zähne dabei nicht auseinander. Sie bemerkte mein Erstaunen.

»Ich habe Zahnschmerzen«, erklärte sie. »Ich kann kaum sprechen.«

Ich sagte einige tröstende Worte. Ihr fiel mein Anzug auf und sie machte mir ein Kompliment dafür. Ich klärte sie über die Bedeutung des Kürzels BMMT auf, was sie sehr beeindruckte.

»Ja«, sagte ich, »ich bin Hexenjäger, wie mein Großvater. Und ich muss Ihnen dazu dringend etwas sagen.«

Ich schaute mich nach allen Seiten um, aus Angst, bespitzelt zu werden.

»Sie werden mich für verrückt halten, aber die Zeit drängt und später werden Sie mir dankbar sein.«

Sie hörte auf, Bücher einzusortieren, und ich erzählte ihr von der denkwürdigen Nacht und allem, was daraus gefolgt war.

»Du hast recht. Ich halte dich tatsächlich für verrückt. Hexen, die Leser töten? Deine Fantasie geht mit dir durch.«

»Ich wusste, Sie würden mir kaum glauben können! Aber vielleicht sagt Ihnen ja der Name Babette Livre etwas … Die Freundin meines Großvaters, die in einen Schmetterling verwandelt wurde und nur einen Tag zu leben hatte. Auch sie war eine ansteckende Leserin, ein perfektes Opfer für die Hexen.«

Sie zögerte einige Sekunden, schien nach Worten zu suchen und erklärte schließlich, immer noch mit zusammengebissenen Zähnen:

»Hmmm, ja, es scheint mir so, als hätte ich einmal von solch einer Geschichte gehört. Aber ich bezweifle, dass sie wahr ist. Ich würde sie eher für eine Legende halten. Und was deinen Großvater angeht, würde es mich überhaupt nicht wundern, wenn er den Verstand verloren hätte.«

Sie untermalte diese reizenden Worte mit einer

Handbewegung und tippte sich mehrfach mit dem Zeigefinger an die Stirn. Da erst konnte mein Blick auf ihre Hände fallen, die sie vorher unter ihren langen Ärmeln vor mir versteckt hatte.

»Hübsche Handschuhe haben Sie«, sagte ich.

»Damit ich besser diesen Mis… äh, diese wunderbaren Bücher sortieren kann.«

Plötzlich schnürte sich mir die Kehle zu, als hätte mir jemand einen Strick darumgelegt. Ich wich einige Schritte zurück.

»Und … Ihr kleiner Finger, der ist … GANZ STEIF!«

Kapitel 9

Warum es von Nachteil ist, eine Bibliothekarin zu fressen

»Das kommt daher, dass … dass … ich mich verletzt habe«, stammelte sie mit immer noch zusammengepresstem Kiefer, »aber jetzt haben wir genug von mir geredet. Ich habe schöne Bücher für dich. Das hier zum Beispiel.«

Ich war wie gelähmt von der Gewissheit, die sich abzuzeichnen begann. Durch das Lächeln, das sie mühsam andeutete, durfte ich mich nicht täuschen lassen. Und erst recht kam nicht in Frage, dass ihre schönen Worte mich verführten. Ihr Ober- und Unterkiefer blieben zusammengeschweißt, wahrscheinlich um diesen fauligen Gestank zurückzuhalten, der sie verraten hätte. Ein Blick zum Himmel verriet mir, dass der zweite Mond seltsam hell vom Himmel schien.

»Lies, mein lieber Ernest, lies.«

Das Buch, das sie mir anbot, *Charlie und die Schokoladenfabrik*, funkelte buchstäblich, und ich schaffte es nicht, mich dem heftigen plötzlichen Reiz zu entziehen, den es auf meinen Geist ausübte. Seine Anziehungskraft war richtig dämonisch.

Du hast es schon verstanden, lieber aufmerksamer und scharfsinniger Leser, es war nicht unsere geliebte Bibliothekarin, Gewinnerin des exzellenten Preises für die Beste Bibliothekarin Frankreichs, die vor mir stand. Ich hatte mich tatsächlich leichtsinnig der Hexe, die nur ihre Gestalt angenommen hatte, ausgeliefert. Wenn ich mir schon deine Überraschung und deine Furcht vorstellen kann, dann wirst du sicher erst recht meine nachvollziehen können. Denn es war ja nicht so, dass ich gerade einen Roman las, sondern dass ich mein echtes Leben lebte, vielleicht sogar die letzten Minuten davon.

Dank eines überschnellen Reflexes, den ich als göttlich zu benennen wagen würde und um den mich eine Königskobra wahrscheinlich beneidet hätte, gelang es mir, mich der Anziehungskraft, die mich lähmte, zu entwinden, und ich schleuderte das Buch ans andere Ende des Raumes. Doch das war noch nicht alles: Trotz meiner Abneigung fasste ich den unteren Teil der Tunika der Kreatur, um ihn mit einem Ruck hochzureißen. Obwohl die Hexe sich wehrte, erhaschte ich einen Blick auf ihren völlig glatten Bauch ohne die geringste Spur eines Nabels. Unerschrockener Leser, du hast selbstverständlich noch nie einen Bauch ohne Nabel gesehen, also versichere ich dir, dass das von diesem Anblick ausgehende Grausen absolut unbeschreiblich ist.

Die Hexe streckte nun ihren ellenlangen Arm nach mir aus, um mich damit zu fangen, doch ich hatte die Geistesgegenwart, auf einen der Lesetische zu springen. Das Gesicht der Hexe hatte inzwischen seine menschlichen Züge verloren. Aus zwei schwarzen Löchern in ihrem weißlichen Antlitz stachen nur noch die Augen hervor, die Nase war eine senkrechte Linie, der Mund ein waagerechter Strich. Aus ihm strömte ein absolut furchtbar stinkender Atem, der vollgeladen war mit dem Hass, der sich über Jahre angestaut hatte, ein richtiger Müllschwall, der schon die Flut von Beleidigungen ankündigte, die mich nun erwartete.

»Komm her, du kleiner Lausejunge, du armseliger Rotzbengel, du abscheulicher Trottel. Du wirst meine Magie zu spüren bekommen, du nerviges Blag, das kaum etwas sieht und aus dem Hintern stinkt. Du wirst schon begreifen, was es kostet, sich Hexen zu widersetzen, du bedauernswerter Wicht und grässlicher kleiner Hosenscheißer. Erbärmliches Würmchen, Lappen, schmutziges Gör, kümmerliches Baby, jämmerliches Würstchen! Frechdachs, Knirps, Jüngelchen!«

Ich wehrte sie ab, sie und ihre Beschimpfungen, indem ich ihr die Bücher entgegenschleuderte, die ich aus einem der Regale ziehen konnte. Ganz offensichtlich fürchtete sie sich davor, mit ihnen in Berührung zu kommen, als ob jedes Exemplar eine brennende Fackel wäre, und jedes Mal, wenn eins von ihnen sie streifte, gab sie ein jämmerliches Stöhnen von sich. Sie versuchte, ihre Vulkangestein-Brille aus der Tasche zu fischen, aber eines meiner Wurfgeschosse pfefferte die Brille ans andere Ende des Raumes. So hilflos dazustehen, machte die Bücherhexe nur noch wütender. Mein Problem war allerdings, dass mir bald die Munition ausgehen würde.

»Oberleutnant Kater, Hilfe!«, schrie ich aus aller Kraft.

Das brauchte ich nicht zweimal zu sagen. Wie ein Blitz kam der Kater von ich weiß nicht woher angesaust, sprang in die Luft und landete auf dem Hexenschädel, in den sich seine Krallen genüsslich tief eingruben. Die Bücherhexe stieß einen gellenden Schrei aus, schleuderte ihre langen Arme herum und brüllte:

»Massakrum dussligum Kindum!«

»Gut gemacht, Admiral Kater!«, rief ich. »Ja, du hast richtig gehört: Von dieser Sekunde an bist du Admiral. Das hast du dir mit deiner denkwürdigen Heldentat verdient. Erweise dich nun dieser Beförderung als würdig.«

Der Kater ließ die widerliche Kreatur schließlich los. Diese sank auf die Knie, den Kopf zwischen den Händen geschützt. In ihrem Mund war an die Stelle der Beschimpfungen, die sie noch wenige Sekunden zuvor am laufenden Meter von sich gegeben hatte, Gejammer gerückt. Sie nieste sich die Seele aus dem Leib. War sie vielleicht allergisch gegen Katzenhaare? Oder, was wahrscheinlicher war, gegen die Bücher, die ich als Granaten benutzt hatte?

Sie war außer Gefecht, aber für wie lange? Ich hatte große Lust, meinen Fuß auf ihren Bauch zu stellen, so wie man es macht, wenn man sich mit seiner Jagdtrophäe fotografieren lassen will. Aber mit so einem Akt der Eitelkeit wären wir unnötige Risiken eingegangen. Statt dem Impuls nachzugeben, begann ich zu schauen, welche Titel die Romane trugen, die ich nach der Hexe geworfen hatte und vor denen sie sich so zu fürchten schien.

»Nur lustige Bücher, Abenteuerbücher, Bücher, die das Leben schön und angenehm machen, indem sie Kummer und Sorgen vergessen lassen! Da könnte man glatt glauben, diese verfluchten Kreaturen wären allergisch gegen Glück. Was hältst du von meiner Theorie, Admiral Kater?«

Wohin war er verschwunden? Ich ging einige Schritte auf das Aquarium zu, in dem der Fisch nervös im Kreis schwamm, weil mein Freund ihm ein wenig zu nah kam.

»Totor!«, schrie ich. »Jetzt ist gerade nicht der richtige Augenblick zum Spielen! Wir müssen unsere Lieblingsbibliothekarin wiederfinden. Du kannst später deinen Spaß haben.«

Aber versuch mal, einen vom Kampf ausgehungerten Kater davon zu überzeugen, dass er sein Essen in Ruhe lässt, wenn dieses vor ihm herumschwimmt, als wollte es noch verlockender aussehen! Er ärgerte den Fisch, indem er mit der Pfote ins Wasser langte, und dann verschlang er ihn mit einem Happs. Die Flosse des Fisches ragte noch ein kleines bisschen zwischen seinen Zähnen heraus.

»Bist du verrückt?«, rief ich. »Madame Livre wird richtig sauer sein!«

Er schaute mich kläglich an, und in seinen grünen Augen konnte ich lesen wie in einem Buch: »Was willst du? Ich bin ein Kater, und es liegt in der Natur von Katzen, Goldfische zu fressen.«

Über diese philosophische Frage könnte man lange reden, doch dazu hatten wir keine Zeit.

»Darüber sprechen wir später. Jetzt müssen wir versuchen, Madame Livre wiederzufinden, bevor die schreckliche Hexe wieder zur Besinnung kommt oder ihre Freundinnen aufkreuzen.«

Genau da zog etwas Glänzendes ganz unten im Aquarium meine Aufmerksamkeit auf sich. Ein goldener Ring lag mitten im Kies. Und auf diesem Ring konnte man die eingravierten Initialen *AL* lesen. In nur einer Sekunde rann mir der Schweiß über die Stirn, und noch während ich mich zu meinem Admiral Kater umdrehte, bellte ich ihn auch schon an:

»Der Ring! Das ist der von unserer Bibliothekarin! Sie ist den Hexen in die Falle gegangen! Jetzt fällt mir wieder ein, dass sie Fische nicht ausstehen kann! Erinner dich dran, sie wäre doch mit zehn Jahren beinahe gestorben, weil sie sich an einer Gräte verschluckt hatte, die ihr dann im Hals feststeckte! Admiral! Du hast die Bibliothekarin gefuttert!«

Sie saß ihm übrigens noch quer im Hals. Wahrscheinlich kämpfte sie heldenhaft und verzweifelt, um nicht direkt in seinen Magen zu stürzen, in dem sie durchgeknetet und zu Fisch-Püree verdaut würde, und den Rest erzähl ich euch gar nicht erst.

Ich schnappte mir meinen tierischen Freund und verpasste ihm einige Schläge auf den Rücken, was dazu führte, dass er Madame Livre mindestens fünf Meter weit ausspuckte.

Der Goldfisch wand sich am Boden, schlug mit seiner Schwanzflosse auf den Kachelboden, *flapp, flapp, flapp*, und schien einem so langsamen wie grausamen Tod geweiht. Doch glücklicherweise folgte ich dem Reflex, ihn zu packen, um ihn wieder in sein Aquarium zu werfen. Während meiner Heldentat flüchtete Admiral Kater sich beschämt unter einen Sessel.

»Jeder macht mal Fehler«, sagte ich, »und jetzt ist nicht der richtige Augenblick, um uns zu trennen. Du machst das wieder gut.«

Dann wandte ich mich wieder dem Goldfisch zu. Madame Livre mit ihren runden Augen schwamm reglos im Wasser und öffnete ein paarmal den Mund, um eine Reihe von Bläschen von sich zu geben, wodurch das Glas beschlug. Dann zeichnete sie auf die beschlagene Scheibe die Buchstaben: D-A-N-K-E.

Mir stiegen die Tränen in die Augen.

»Ich schwöre Ihnen, dass wir Sie da herausholen. Die Hexen haben zwar eine einzelne Schlacht gewonnen, aber wir gewinnen den ganzen Kampf.«

Der Goldfisch riss seine kleinen runden Augen auf und ich las darin dieselbe Güte wie in denen der Bibliothekarin. Ich musste sie unbedingt von diesem Fluch befreien.

Plötzlich bewegte sich das kleine Tier wieder. Madame Livre begann, wie verrückt in ihrem Aquarium Kreise zu schwimmen, und setzte sogar an, im Wasser tausend Kapriolen und Pirouetten zu drehen. Hatte sie Hunger? War sie über diesen ganzen Prüfungen verrückt geworden? Wollte sie mich unterhalten? Nein, ein fürchterliches, schrilles, unerträgliches Miauen riss mich aus meinen Gedanken und zeigte mir, dass meine Hypothesen überhaupt nichts taugten. Ich drehte mich um.

Eine Bücherhexe stand aufrecht vor mir, kampfeslustiger als je zuvor. In ihren feurigen Augen brannte reiner Hass. Wie in Trance bebte ihr großer, aber schmaler Körper.

Der Kopf war übermäßig lang geworden. Seltsamerweise stieg und sank ein riesiger Adamsapfel an ihrem Hals auf und ab.

Automatisch schnappte ich mir sofort das kleine Aquarium mit dem Fisch darin. Ein grässlicher, unerträglicher Gestank, schlimmer noch als der einer verdorbenen Strandschnecke, kündigte mir schon an, dass die Kreatur gleich etwas sagen würde.

»Meine Hexenschwestern!«, brüllte sie, »kommt und helft mir, dieses kleine Lesekind zu zermalmen, diesen nichtsnutzigen Lausebengel, der Romane trinkt. Bei Beelzebub und Luzifer, am besten drehen wir den Knilch durch die Mühle und setzen der Lese-Epidemie ein Ende. Wir haben ihre Ziehmutter, die Bibliothekarin, erwischt, drum lasst uns nun die übrig gebliebenen Knirpse massakrieren.«

Dann brach sie in ein irres Gelächter aus.

Unscharfe Formen begannen bereits im Raum aufzutauchen, eine Art dunkler Wellen, die sich spiralförmig um sich selbst drehten und deren weiche Konturen schon bald etwas schärfere Ränder bekamen.

»Die anderen Hexen!«, schrie ich. »Lasst uns von hier verschwinden.«

Mein Admiral Kater hielt es ebenfalls für gut, sich zu regen, und folgte mir auf dem Fuße.

Kapitel 10

Warum es von Vorteil ist, den Schlüssel zum Aufzug zu haben

Ich weiß nicht, lieber Leser, ob du schon einmal versucht hast, mit einem vollen, schweren Aquarium unterm Arm deine Haut zu retten. Ich sage dir, leicht ist das nicht. Bei jedem Schritt schoss ein Schwall Wasser aus dem Becken und schon bald drohte unsere Bibliothekarin auf dem Trockenen zu sitzen. Was für ein grausamer Tod für einen Fisch, quasi umgekehrt zum Ertrinken!

Wir rasten die Treppe hinunter zum Ausgang und hofften, dass unser Freund Dédé noch am Leben war. Ich hatte natürlich nicht vergessen, dass wir unserem Helden zu Hilfe eilen mussten. Es wäre überhaupt nicht in Frage gekommen, uns selbst zu retten und ihn nicht. Doch leider war sein kleiner Körper verschwunden. Die

Tür, die durch seine Heldentat aufgegangen war, wurde nun von mehreren Hexen unerbittlich bewacht und blockiert. Sie gingen nicht, sie flogen nicht, sie schwebten wenige Zentimeter über dem Boden, den kleinen Finger in die Luft gestreckt.

»Ich bin sicher, dass diese Kreaturen Dédé verschleppt haben«, flüsterte ich.

Nestor nickte mit seinem Katzenkopf. Bestimmt waren diese hinterhältigen Wesen in der Lage, unseren Freund zu kochen oder Leberwurst aus ihm zu machen. Eine ganze Menge weiterer fürchterlich grausamer Vorstellungen kam mir in den Kopf. Unsere Situation war aber kaum beneidenswerter, denn wir würden sicher jeden Moment von den Hexen, die uns verfolgten, und denen, die uns den Weg versperrten, in die Zange genommen. Über meinen kühlen Kopf erstaunt, murmelte ich:

»Einzige Lösung: der Lastenaufzug!«

Die Bibliothekarin gab den Lastenaufzug-Schlüssel nur den Lesern ihres Vertrauens, die sie damit beauftragte, Kartons in den Keller zu transportieren. Zum Glück gehörte ich dazu.

»Ich weiß, wo wir uns verstecken können. Ab ins Kellergeschoss!«

Die Hexentruppe stürzte hinter uns her. Doch ich steckte schnell den Schlüssel ins Schloss des Aufzugs, dessen Türen sofort aufgingen und sich dann vor den Augen und den Nasen unserer Verfolgerinnen wieder schlossen. Uff!

Sie stießen ein fürchterliches Geschrei aus, während wir bereits in einem Höllentempo Richtung Keller sausten. Das Aquarium war zu drei Vierteln geleert, die arme Bibliothekarin drückte sich am Boden in das bisschen Wasser, das noch übrig war.

Der Aufzug hielt an. Ich blockierte die Tür mit einem Karton, der im Gang des Kellers herumstand. Da der Lastenaufzug der direkteste und schnellste Weg ins Untergeschoss war, hatten wir hier unsere Ruhe, wenigstens für einen Moment. Wir konnten durchatmen. Aber nicht zu lange, denn ich hegte überhaupt keinen Zweifel daran, dass die Dämoninnen früher oder später wieder unsere Spur aufnehmen würden und sie jeden Augenblick bei uns auftauchen konnten.

Der Keller einer Bibliothek ist ihr Lager, und dasjenige, in das wir uns geflüchtet hatten, war keine Ausnahme davon. Überall schwebte Staub. Der Boden war aus Zement und die Wände aus Mauersteinen. Jede Menge Kartons voller ausrangierter Bücher, die nicht mehr genutzt wurden, weil sie nicht mehr modern genug waren, standen aufeinandergestapelt herum. Manche davon sollten an Bibliotheken in weniger reichen Ländern verschickt werden. Auf den Regalen waren eine alte Kaffeemaschine, Druckerpapier-Pakete, ein paar Packungen Kekse und einige Saft- und Wasserflaschen zu sehen.

»Wenigstens können wir das Aquarium wieder auffüllen«, bemerkte ich.

Es war höchste Zeit. Die arme Madame Livre presste sich schon kläglich in das wenige Restwasser am Boden. Während wir das Aquarium wieder auffüllten, schöpfte der Fisch nach und nach wieder etwas frische Kraft.

»Komm, wir ruhen uns ein bisschen aus«, sagte ich. »Und lass uns etwas essen. Hier haben wir genug, um eine Belagerung durchzustehen.«

Ich reichte meinem Oberleutnant Kater einen Keks, den er gleich zu beschnuppern anfing. Dann streute ich ins Aquariumwasser ein paar Krümel, die Madame Livre sofort verschlang.

»Auch wenn Sie jetzt ein Fisch sind, sind Sie immer noch so eine Naschkatze«, sagte ich amüsiert.

Ich gebe zu, ich mochte diesen Ort gern. Wenn die Bibliothekarin mich in den Keller schickte, um etwas zu holen oder eine Kiste Bücher herunterzubringen, ergab es sich manchmal, dass ich zwischen den Keller-Regalen ein wenig herumtrödelte. Die Zeit verging hier anders als im Rest der Welt, weder schneller noch langsamer, einfach nur anders. Ich kann mir vorstellen, dass es dir, lieber Leser, auch passiert, dich an den seltsamsten Orten wohlzufühlen, wo du mit dir selbst allein sein kannst.

Die Neugier verführte mich, einen der Kartons zu öffnen. Ich schnappte mir die Bücher, die darin gestapelt waren, und drehte mich zu meinen zwei Kampfgefährten um.

»Diese Bücher sind nicht von den Hexen abgeleckt

worden. Sie sind also gute Munition, mit der wir die Dämoninnen bombardieren können.«

Ich war zunehmend überzeugt, dass unsere Gegnerinnen sich nicht damit zufriedengaben, bloß Bücher zu hassen, die mit ihnen zu tun hatten, weil darin Hexen als gefährliche oder lächerliche Kreaturen dargestellt wurden. Sicherlich hatten sie allen Büchern ganz allgemein Hass geschworen, und zwar aus gutem Grund: Schließlich bringen Bücher der Welt Freude, Glück und Trost, also unerträgliche Dinge für diese Liebhaberinnen von Unglück, Kummer und Verzweiflung.

Solange uns Bücher zur Verfügung standen, hatten wir also etwas, mit dem wir unsere Feindinnen auf Abstand halten konnten.

Während ich noch überlegte, wie wir wieder ins Freie gelangen könnten, hörten wir eine Art Kratzen aus einem der Kartons. Ganz sicher bewegte sich darin etwas Lebendiges. Höchstes Misstrauen und Vorsicht waren geboten, denn Gott allein weiß, wozu die Hexen in der Lage sein konnten. Möglicherweise hatte ihre Magie sie schon hierhergeführt. Unsere Zuflucht war vielleicht letztlich doch nur eine fiese Falle.

Ich setzte die Vulkangestein-Brille auf und ging näher heran. Dabei hielt ich einen Gedichtband über meinen Kopf, um mich im Notfall wehren zu können. Jetzt war es ein leises Jammern, leicht, zart, eine Art schwaches Klagen, das herausdrang. Also öffnete ich langsam die Deckelhälften.

Ich sprang zurück.

»Vorsicht, eine Hexe!«, schrie ich. »Alle Mann in Kampfaufstellung.«

Um mit gutem Beispiel voranzugehen, schleuderte ich mein erstes Wurfgeschoss auf die Kreatur, die sich unten im Karton versteckte, und bewaffnete mich sofort mit einem zweiten. Aber ganz entgegen meiner Erwartung sprang die Hexe nicht aus der Kiste, um schimpfend auf mich loszugehen. Sie brachte, im Gegenteil, ein zweites leises Klagen hervor. Ging es ihr nicht gut?

Also näherte ich mich vorsichtig, immer noch argwöhnisch, unterstützt von meinem Admiral und der Bibliothekarin, die die Szene durch die Glasscheibe ihres Aquariums beobachtete.

Ich warf mich in die Brust, damit mein Witch-Buster-Anzug besser zur Geltung kam, vor allem der unterstreichende Blitz.

Die Kreatur hatte sich am Boden der Kiste zusammengerollt. Sie war winzig. Aber sie war wirklich eine Hexe. Eine Miniatur-Hexe. Der Beweis: Ihre beiden kleinen Finger waren gestreckt. Ich drehte mich zum Admiral um und warf ihm einen fragenden Blick zu. Mit seiner Pfote gab er mir ein Zeichen, dass ich weiter vordringen sollte. Also sagte ich mit meiner tiefsten, ernstesten Stimme:

»Komm da raus, gemeine Hexe. Nur dass du es weißt: Eine ganze Armee steht hinter mir, und ich werde dich mit diesem Buch treffsicher abwerfen, solltest du uns einen üblen Streich spielen.«

Ihr Mund formte sich zu einem Lächeln, was mich unglaublich durcheinanderbrachte. Außerdem konnte ich so tief einatmen, wie ich wollte, kein bisschen ekliger Geruch entwich diesen zarten Lippen. Als sie das Buch sah, drückten ihre Augen weder Wut noch Angst aus, sondern eine tiefe Erleichterung. Ich witterte eine besonders ausgeklügelte Falle, als sie die folgenden Worte sprach:

»Zeichne mir ein Schaf.«

Die Bibliothekarin machte daraufhin einen kleinen Sprung im Aquarium. Wer hätte in den Worten der Hexe nicht die berühmten Worte aus *Der kleine Prinz* wiedererkannt?

Dir, bewundernswerter und geduldiger Leser, muss es doch auch passieren, dass du Dinge tust, ohne genau zu wissen, warum. Ich für meinen Teil bin nicht in der Lage zu erklären, wieso, aber ich gehorchte ihr. Brav zeichnete ich ein Schaf auf ein Blatt Papier, das ich aus einem der im Regal gelagerten Pakete gezogen hatte.

Mein Werk lockte die Hexe aus ihrem Karton: Sie stieg heraus und streckte sich. In der Mitte des Raumes ungefähr einen Meter über dem Boden schwebend, betrachtete sie es.

»Danke«, sagte sie. »Sieht so ein Schaf aus?«

»Ungefähr«, sagte ich.

Ich hatte überhaupt keinen Zweifel daran, dass sie

eine Hexe war, denn alles an ihr erinnerte daran, dass sie diesem finsteren Reich angehörte. Es fing schon mit ihren beiden gestreckten kleinen Fingern an. Wenn man genau hinsah, hatten die Nägel, die ihre kleinen Finger krönten, nicht die Farbe von Schimmel, sondern waren so zartrosa wie der Himmel bei Sonnenaufgang. Weitere Details zogen meine Aufmerksamkeit auf sich: Sie war viel kleiner als ihre Mitschwestern, die mir bisher begegnet waren und die nie in einen Karton gepasst hätten. Ihre Augen waren zwar rot, aber von einem sanften, warmen Kaminfeuer-Rot, und der Teint ihrer Haut war nicht so blass wie der jener Hexen, die uns verfolgten. Zwei karminrote runde Flecken schmückten sogar ihre Wangen, seit sie uns gegenüberstand. Wahrscheinlich war sie schüchtern. Ihr Mund formte sich zum unschuldigsten Lächeln überhaupt. Der lange Kopf und die riesigen Glieder schienen ihr peinlich zu sein.

Man musste schon zugeben, dass diese Hexe einem keine Angst einjagte. Vielmehr löste sie so etwas wie Mitleid aus.

Sie schwebte langsam auf Admiral Kater zu und verglich ihn mit der Zeichnung, die ich produziert hatte.

»Bist *du* ein Schaf?«, fragte sie.

Als einzige Antwort darauf machte er sich mit gesträubtem Fell aus dem Staub und zog sich hinter eine Kiste zurück. Die Hexe drehte sich zu mir.

»Nein«, sagte ich, »das ist kein Schaf. Das ist eine Katze. Also, im Moment zumindest, aber es würde jetzt zu lange dauern, dir das zu erklären. Ich werde dir ein Schaf zeigen, wenn wir es schaffen, hier herauszukommen.«

Diese Aussicht schien gut genug zu sein, um sie zu erfreuen. Aber das hielt nicht lange an, denn plötzlich erstarrte die Hexe von Kopf bis Fuß. Sie wurde blass und fing an zu zittern. Es dauerte einige Sekunden, bis ich das schrille Pfeifen vernahm, das die Ankunft der dämonischen Hexen ankündigte. Zuerst war es noch weit weg, aber es schwoll von Sekunde zu Sekunde an, um zuletzt unerträglich laut zu werden.

»Sie haben uns aufgespürt!«, schrie ich. »Sie kommen uns holen.«

»Nehmt mich mit!«, flehte die kleine Hexe. »Lasst nicht zu, dass sie mich wieder einfangen!«

Ich konnte in ihren Augen lesen, dass sie genauso sehr wie wir die Rückkehr unserer Feindinnen fürchtete. Anscheinend waren sie auch ihre.

Der Atem unserer Feindinnen war nun so mächtig, dass die Tür jeden Augenblick nachzugeben drohte. Die Angeln, die sie in der Wand festhielten, verbogen sich schon.

Ich nehme an, scharfsinniger Leser, dass du die Lage für aussichtslos hältst und uns schon eine genauso heldenhafte wie hoffnungslose Schlacht kämpfen und verlieren siehst. Nicht wahr?

Kapitel 11

Warum es von Nachteil ist, mit Hexen allein zu sein

Also, bei allem Respekt, da irrst du dich gewaltig. Die Lage war hoffnungslos, das schon, aber wie du bereits bemerkt hast, geschehen in solchen Momenten die unvorhersehbarsten Dinge.

Ein metallisches Kratzen zog unsere Aufmerksamkeit auf sich, und wir stellten fest, dass es aus einem Lüftungsgitter kam. Das lag hoch über uns, ließ sich aber erreichen, indem wir auf ein paar Kartons kletterten. Admiral Kater nahm sich dieser Aufgabe gleich an und erfüllte sie mit zwei Katzensprüngen.

Was er entdeckte, überraschte ihn so sehr, dass er mit gesträubtem Fell und aufgestelltem Schwanz zu Boden rauschte. Er begann, hektisch durch den Raum zu springen und mit dem Kopf gegen die Wände zu schlagen. Um das zu verstehen, kletterte ich ebenfalls auf die Kartons.

Beinahe wäre auch ich rückwärts umgefallen. Träumte ich? Ich rieb mir die Augen.

»Das ist ja Dédé!«, schrie ich. »Dédé ist wieder da! Helden sterben nie!«

Er war es tatsächlich. Gerade nagte er wie verrückt, um das Lüftungsgitter zu lösen. Zwischen zwei Bissen erklärte er mir mit wilden Gesten, dass er wieder zu Bewusstsein gekommen war, bevor die Hexen ihn fangen konnten, und dass er sich ins Innerste der Bibliothek hatte flüchten können, indem er dem legendären Überlebensinstinkt einer Ratte folgte.

»Du hast es fast geschafft!«, feuerte ich ihn an. »Los, nag weiter!«

Dann drehte ich mich zu meinem treuen Kampfgefährten um und rief:

»Admiral Kater! Hör auf herumzuspinnen und bring mir das Messer, das im Regal liegt.«

Er flitzte sofort los und kam mit dem Werkzeug im Maul zurück. So konnte ich von meiner Seite aus das Lüftungsgitter abschrauben und unser Kamerad erschien in seiner vollen Rattenpracht.

An seiner zitternden Schnauze und seinen vibrierenden Barthaaren konnte ich ablesen, dass wir in den Lüftungsschacht klettern sollten.

Admiral Kater ging vor, die kleine Hexe folgte ihm.

»Zu den Schafen geht es da lang«, sagte ich.

Ich schnappte mir das Aquarium und kletterte meinen Freunden hinterher. In diesem engen Metallrohr fühlte ich mich wesentlich unwohler als sie, vor allem wegen meiner Größe. Aber auch, weil das volle Aquarium, das ich vor mir herschieben musste, mich enorm behinderte. Ich war noch nicht so weit gekommen, als die Tür zersprang und den wütenden Wind der Hexen hereinließ.

Ich spürte, wie die eisigen Finger einer der Hexen meinen Knöchel umfassten, und egal wie heftig ich nach ihr trat: Mein Widerstand war zwecklos, solange sie an mir zog. So blieb mir nur noch übrig, den anderen zuzurufen:

»Führt den Kampf ohne mich weiter! Es war mir eine Ehre, euch kennengelernt zu haben. Hoch leben die Bücher! Hoch lebe das Lesen!«

Während ich von den Hexen unwiderruflich fortgezerrt wurde, folgte ich noch dem Reflex, das Aquarium so weit wie möglich in den Lüftungsschacht zu schieben und zu brüllen:

»Vergesst Madame Livre nicht!«

Ein kräftiger Ruck riss mich endgültig zurück und ich kullerte über den Zementboden des Lagers. Vor mir befand sich ein halbes Dutzend dämonische Hexen, die einen Meter über dem Boden im Kreis schwebten. Sie alle streckten ihre beiden schimmelgrünen Nägel nach mir aus, also zwölf insgesamt. Im Vergleich zu dem Gestank, der aus ihren Mündern strömte, roch das Müllauto, das morgens die Runde durch unsere Straßen machte, nach Rosenblättern und Jasminparfüm. Ehrlich gesagt war ich weit davon entfernt gewesen, mir überhaupt vorstellen zu können, dass man dermaßen stinken konnte. Wie lange musste ihre Seele in der furchtbarsten Dunkelheit am Fleischerhaken gehangen haben, dass sie nun so einen Gestank verströmten!

Ich streckte meine Brust vor, um meinen Anzug zu zeigen, der sie aber nicht zu beeindrucken schien. Allerdings muss ich auch dazusagen, dass er nach diesem ganzen Durcheinander nicht mehr viel hermachte. Trotzdem brüllte ich:

»Achtung, Witch Buster im Einsatz!«

»Witch Buster, dass ich nicht lache!«, gab die Oberhexe zurück und zuckte die Schultern. »Mit wem hast du eben geredet, na, gemeiner Sätzevielfraß, widerwärtiger Wörterfresser?«

»Mit niemandem!«, verteidigte ich mich. »Ich habe geschrien, weil ich Angst hatte. Dazu muss man ja nicht in Begleitung sein.«

Ihr langes Gesicht, das so gelblich weiß war wie Mayonnaise, machte plötzlich eine Bewegung, als würde sie von einem in der Luft liegenden Geruch angezogen.

»Eine von uns ist hier vorbeigekommen«, stellte sie fest.

Die anderen unheilvollen Kreaturen machten es ihr nach und alle schauten sich an. Sie nickten mit ihren langen Pobacken-Köpfen.

»Die Abtrünnige ist in der Nähe«, bestätigte eine der anderen Bücherhexen, »was für ein scheußlicher Gestank!«

Da wurde mir klar, dass sie zwar vor allem hier waren, um mit den ansteckenden Lesern abzurechnen, aber auch, weil sie die kleine Hexe in die Finger kriegen wollten, die sich offensichtlich von ihnen abgewendet hatte. Die Oberhexe trat näher an mich heran. Es fiel mir schwer, ihrem Blick standzuhalten. Und erst recht ihrem unfassbar abscheulichen Gestank.

»Du, du Wörter-Fresser und Komma-Verschlinger, du hast eine von uns verdorben. Aber ich habe eine Idee: Wenn du uns zu ihr führst, werde ich mich dir gegenüber sehr milde zeigen.«

Dabei sah man, dass sie zu lächeln versuchte, aber das Ergebnis war eine Katastrophe.

Mir war jedoch nur eine Sache wichtig: Ich musste so viel Zeit gewinnen wie möglich, damit meine Kameraden Gelegenheit hatten, das Aquarium von Madame Livre zu packen und sich in Sicherheit zu bringen.

»Ich fürchte, das Wort ›milde‹ hat für Sie und für mich nicht dieselbe Bedeutung, aber sagen Sie es mir trotzdem.«

»Also, lächerlicher Absatzschlürfer, erbärmlicher Buchstaben-Aufreißer, wenn du mir hilfst, unser Mädchen wiederzufinden, tue ich dir einen Gefallen. Du darfst dir dann aussuchen, welches Tier deine Seele aufnehmen soll.«

Zur Antwort streckte ich ihr nur weit die Zunge raus, was die Hexen allerdings nicht besonders beeindruckte.

»Na gut«, sagte die Hexe, die den Reigen anführte, »wenn du es so haben willst.«

Sie gab ihrer furchtbaren Armee ein Zeichen und diese fiesen Gestalten setzten alle eine Brille aus Vulkangestein auf. Dann spürte ich, dass lange Arme mich so fest packten wie Krabbenscheren. Ich konnte mich wehren, so viel ich wollte, ich war in einem Schraubstock eingeklemmt.

Und da erschien plötzlich – wie sie das geschafft hatte, ist mir ein Rätsel – ein Buch vor ihrer Nase. Es schwebte in der Luft. Sie fing gleich an, es mit ihrer scheußlich schleimigen Zunge abzulecken, die so ekelhaft war wie ein Kackhaufen.

Lieber Leser, ich merke an deiner Kurzatmigkeit und deinen aufgerissenen Augen, dass du um meine armen Knochen bangst. Und damit hast du recht.

Denn ich erlebte die letzten Minuten meines Lebens als Mensch. Während die Hexe noch dabei war, die letzten Seiten von *Alice im Wunderland* abzuschlecken, entschied ich mich nun dazu, alles zu riskieren.

»Wenn Sie so böse sind, dann liegt das sicher daran, dass Sie leiden. Und wenn Sie leiden, dann kommt das daher, dass Ihre verdorbenen Seelen keine Bücher bekommen. Ohne die Geschichten, die in Büchern erzählt werden, schrumpeln und vertrocknen Geist und Seele. Dadurch verschwindet jegliche Freude und bleibt nur

Kummer übrig. Ein gutes Buch, und schon vergessen Sie Ihre Sorgen, verfliegt die Langeweile und duftet Ihr Atem. Stellen Sie sich mal vor, wie glücklich Sie wären, wie viel angenehmer die Welt wäre …«

Diese Ansage hatte den einzigen Vorteil, dass ich die Bücherhexe damit ein paar Sekunden lang von ihrer Beschäftigung abhalten konnte. Wunder erwartete ich aber ohnehin nicht.

»Stell dir mal vor: Wir mögen Unglück und Kummer und hassen es, wenn die Leute glücklich sind. Was erwartest du? Wir sind Hexen, und es liegt in unserem Wesen, Unglück und Kummer zu lieben. Und …«

Sie schien ein paar Sekunden zu überlegen.

»Und übrigens«, fuhr sie fort, »seid ihr selbst schuld. Wir sind nur irgendwann dahin gekommen, dem Bild zu ähneln, das ihr Menschen von uns gezeichnet habt. Aber jetzt genug der Worte, Schwächling, Vokalverschlinger und Konsonantenspucker. Lesen macht dich glücklich? Na, dann lies doch. Das wird dir Spaß machen!«

Sie hielt das aufgeschlagene Buch vor meine Augen und führte es immer näher an mich heran. *Alice im Wunderland* war eh schon eins meiner Lieblingsbücher, und jetzt voller Hexenspucke war es völlig illusorisch, seiner Anziehungskraft widerstehen zu wollen. Ich versuchte mit aller Kraft, die Augen zu schließen, während die Unheil bringende Horde einen Ringelreigen um mich herum zu tanzen begann und dabei schrie:

»Leserus kackatus! Leserus kotzwürgius! Leserus massakribus!«

Ich hatte nicht genügend Kraft, mich zu wehren. Schon bald wurde es mir daher unmöglich, die Augenlider zu schließen. Für einen ansteckenden Leser wie mich, und sicher auch wie dich, unersättlicher Freund, verstehst du, läuft es immer auf Lesen hinaus, wenn man auch nur einen Blick auf eine Seite wirft. Und als ich die ersten Worte von *Alice* entzifferte, hatte ich gleichzeitig das Gefühl, zwischen den Zeilen der wie ein Spiegel vor mir aufgeschlagenen Seiten mein Grimassen schneidendes Spiegelbild zu sehen …

Kapitel 12

Warum es von Vorteil ist, ein Schaf zeichnen zu können

Jetzt ist der Moment gekommen, dir DIE Frage zu stellen, lieber Leser. Wie würdest DU reagieren, wenn du urplötzlich sähest, dass kurze braune Haare wie ein dunkler Teppich deinen linken Arm bedecken? Was würdest du tun, wenn du mit anschauen müsstest, wie kleine Krallen nach und nach deine Nägel ersetzen? Welcher Angstschrei würde sich in deiner Kehle aufbauen, wenn du beobachtetest, wie feine, lange Barthaare plötzlich unter deiner Nase hervorwachsen und deine Ohren zu schrumpfen anfangen?

Lieber Leser, hat dein legendärer Scharfsinn schon erraten, in welches Tier ich mich verwandelte?

Die gute Nachricht: Meine Sicht wurde schlechter, ich sah nicht mehr viel mit den winzigen Augen, und das hatte seinen Grund. Ich wurde kurzsichtig wie ein Maulwurf. Ich las also immer langsamer und das verlangsamte auch meine Verwandlung. Wie durch ein Wunder konnte ich noch sprechen, selbst wenn jeder meiner Sätze mit einer Art kleinem, maulwurfmäßigem Quieken endete.

»Mach weiter«, befahl mir die Hexe. »Lies! Lies! *Leserus Teufelus!*«

Ich spürte, dass sie ungeduldig darauf hinfieberte, mit mir fertig zu werden. Warum dauerte die Verwandlung bei mir so lange, während sie bei Dédé nach einer Sekunde abgeschlossen war? Das Glas Abenddämmerungsmilch! Das Gegenmittel von Pollux, daran lag es bestimmt. Die Form der Hexen wurde unschärfer, ihre Umrisse verwaschen, eine Art Wind schien sie zu verwehen, und ich verstand, dass der Morgen sie bedrohte. Ihnen blieb jedoch ausreichend Energie, um mich vor dem Buch festzuhalten.

»Ich kann da nichts mehr erkennen. Quiek! Ich schwöre es Ihnen. Quiek. Ich werde zum Maulwurf, also kurzsichtig.«

»Ach, wie doof«, befand eine der Hexen.

Das hatten sie nicht bedacht. Die Oberhexe wurde richtig zornig. Ihre Zoologie-Kenntnisse mussten ziemlich beschränkt sein. Wahrscheinlich hatten sie das Zeug, eine andere Verwandlung vorzunehmen, aber der anbrechende Tag ließ ihnen nicht die Zeit dazu. Ihre langen Arme ließen mich los. Ein Windhauch wie derjenige, welcher sie nachts entstehen ließ, trug ihre Gestalten davon und verwehte sie. Aber noch während sie sich verflüchtigten, hinterließen sie diese Drohung, deren Echo einige Sekunden nachhallte:

»Wir werden uns wiedersehen, ekelerregender Seitenblätterer, lächerlicher Geschichtenverschlinger, unsere Rache wird dann in Erfüllung gehen und du …«

Das war knapp gewesen. Es dauerte ein paar Sekunden, bis ich das Ausmaß des Schadens erfasst hatte. Vor allem meine linke Körperhälfte war betroffen. Jetzt war ich halb Junge, halb Maulwurf und sah ziemlich grotesk aus, aber es hätte auch viel schlimmer kommen können. Eine dichte Fellschicht bedeckte wie Teppichboden ein stattliches Stück meines linken Arms, bis zur Schulter. Meine Nase war länger geworden und hatte eine rosa Spitze bekommen. Gleichzeitig hatten zentimeterlange Krallen den Platz meiner Nägel an drei meiner Finger eingenommen. Eine kleine Schwellung ließ erahnen, dass ein sechster Finger drauf und dran war, neben meinem kleinen Finger zu wachsen. Was mich am meisten störte, waren der Ansatz eines Schwanzes, der am Ende meines Rückens zu wachsen begonnen hatte, und die Speckschicht, die meinen Rumpf in eine dicke Wurst verwandelt hatte.

Was mein Sehvermögen anging, so hatte das zwar stark abgenommen, aber trotzdem war ich noch in der Lage, mich zu orientieren. Außerdem fiel mir auf, dass im Ausgleich dazu mein linkes Ohr Geräusche jetzt extrem fein wahrnahm. Daraus schlussfolgerte ich, dass selbst die Tiere, die von der Natur auf den ersten Blick nicht sehr liebevoll ausgestattet scheinen, dennoch von ihr einige ungeahnte nützliche Extras bekommen haben.

Doch jetzt war nicht der richtige Augenblick zum Philosophieren. Ich wusste nicht, wie es um meine Armee stand. Ich hoffte einfach nur, dass sie es geschafft hatte, sich in Sicherheit zu bringen. Plötzlich drang aus der Ferne ein leises Stimmchen an mein ultrafeines Ohr:

»Ich bin es. Deine Freundin. Komm zu mir.«

Ich stieg in den Lüftungsschacht. Dort stellte ich fest, dass das Aquarium mit der Bibliothekarin verschwunden war, was mich ein wenig beruhigte.

Völlig entkräftet begann ich unbeholfen zu krabbeln. Wegen meiner neuen Krallen, die mit einem unangenehmen Kratzgeräusch über das Metall glitten, kam ich nur langsam vorwärts. Aber die Hoffnung, meine Freunde wiederzusehen, hielt mich vom Aufgeben ab. Entweder ist man ein Witch Buster oder eben nicht.

Und ich war einer. Wenigstens noch zur Hälfte.

Ich schaffte es, mich in einen Bereich vorzuarbeiten, in dem der Schacht wie eine schwindelerregende Rutsche nach unten führte. Meine Bremsversuche waren vergeblich. Meine Krallen schlugen leider nur Funken auf dem Metall. Die wilde Rutschpartie schien eine Ewigkeit zu dauern. Der sehr feine Geruchssinn, mit dem ich nun ausgestattet war, teilte mir mit, dass mein Ziel weder ein Rosenbeet noch ein Bottich Parfüm war.

Ich tauchte in eine Art Schwimmbecken voller Müll ein. Meine hochempfindliche Nase war in der Lage, all die Ausdünstungen der Abfälle, zwischen denen ich herumruderte, fein säuberlich zu analysieren und sie einzeln voneinander zu unterscheiden. Aber mein Menschenhirn verwandelte sie sofort in furchtbar unangenehme Gerüche. Es stank nach Kacke, natürlich, und zwar von Hunden, Katzen und Menschen, aber das war nicht alles. Meine Maulwurfnase erreichten auch gewaltige Düfte von Erbrochenem, zarte Aromen von verdorbenen Krabben sowie großartiger Mief von schmutzigen Socken. Kurz und knapp: Es war ein ganzer Ozean von stinkenden Delikatessen für meine neue Nase.

Wir hatten wahrscheinlich einen alten Lüftungsschacht erwischt, der mit einem Müllschlucker verbunden war. Die Menschen erfinden so viele Dinge!

Ich merkte, wie sich um mich herum etwas bewegte, und plötzlich tauchte der Kopf des Gefreiten Ratte an der Oberfläche dieser Kloake auf. Darin trieb ich übrigens gar nicht mal so schlecht, wie eine dicke Wurst mit Fell.

Er, Dédé, sah ganz so aus, als würde er im Glück schwimmen. Er versuchte sich im Kraulen und im Brustschwimmen mit Kopfeintauchen. Was war ich überrascht, als ich ihn sagen hörte:

»Du müsstest dein Gesicht sehen! Du müsstest dein Gesicht sehen!«

Er hatte also die menschliche Sprache wiedergefunden. Wahrscheinlich war der Hexenzauber nicht vollständig gelungen.

»Ich bin nur halb Maulwurf und du bist ganz Ratte, also hast du mir keine Lehren zu erteilen.«

»Schon gut, schon gut«, antwortete er, »sei nicht beleidigt, sei nicht beleidigt.«

Ich runzelte die Stirn.

»Du machst ein komisches Gesicht, du machst ein komisches Gesicht!«

»Merkst du, dass du alles zweimal sagst? Das nervt.«

»Du bist aber auch nie zufrieden! Du bist aber auch nie zufrieden! Hier ist es doch toll, oder nicht? Hier ist es doch toll, oder nicht? Macht das einen Spaß! Macht das einen Spaß!«

»Der Urlaub ist vorbei«, sagte ich zu ihm, »lass uns das Schwimmbecken verlassen, zeig mir den Weg zum Ausgang.«

»Zu deinem Befehl! Zu deinem Befehl!«

»Du brauchst nicht alles zu kommentieren.«

»In Ordnung, in Ordnung.«

Mir brannte eine Frage auf den Lippen:

»Aber sag mir vor allem, ob ihr es geschafft habt, Madame Livre zu retten.«

»Das war die kleine Hexe, das war die kleine Hexe, sie hat sich das Aquarium geschnappt, sie hat …«

»Ist gut, ich weiß jetzt genug, danke.«

Erleichtert folgte ich ihm und nach wenigen Minuten waren wir wieder im Freien. Ich wurde plötzlich von einer gewaltigen Dankbarkeit für diese mutige kleine Kreatur erfüllt, die vor mir herlief und, das vergaß ich nicht, schon immer mein Superfreund war, fast mein Bruder.

»Danke«, sagte ich einfach.

»Keine Ursache, keine Ursache!«

Mit seinen Wiederholungen ging er mir aber doch auf die Nerven.

Das Licht bereitete mir nicht so viel Freude, wie ich es erhofft hatte, und zwar aus dem Grund, dass ein Maulwurf eben dunkle Tunnel, finstere Gänge und unterirdische Labyrinthe mag. Ich gebe außerdem zu, dass ich auf dem Weg zum Haus meines Großvaters mehrmals versucht war, meinen Kopf in die Erde zu stecken und stundenlang zu graben (diese Versuchung juckte mich vor allem in den Fingern, die von den neuen weißen Krallen überragt wurden). Ich rief mich zur Vernunft. Jetzt war nicht der passende Augenblick, mich ablenken zu lassen, und ich musste gegen meine Halbmaulwurf-Natur ankämpfen.

Das Wiedersehen mit meinem Großvater und dem Rest meines Generalstabs war bewegend, und wir hielten uns lange gegenseitig in den Armen, selbst wenn es jetzt mehr Pfoten und Flossen waren als Arme.

»Großvater, ich bin glücklich, dich wiederzusehen.«

Mit feuchten Augen erklärte Pollux:

»Ich dachte schon, du wärst in der Schlacht gefallen und ich würde dich nie wiedersehen. Wir waren schon dabei, uns zu versammeln und deiner zu gedenken, samt deinen vorteilhaftesten Eigenschaften.«

Mein Gefreiter Ratte konnte sich nicht verkneifen zu seufzen: »Das ist aber rührend! Das ist aber rührend!«

»Sagen das wollte ich auch gerade«, erklärte Nestor, alias Admiral Kater.

Sein Blick wich unserem aus. Er senkte seine Barthaare und sein Schwanz hatte sich zwischen seine Beine geflüchtet, ein Zeichen der Verzweiflung.

»Sag mir jetzt nicht, dass deine Sprache dir auch Streiche spielt.«

»Dieses Problem leider ich dir verbergen nicht kann.«

Pollux bestätigte, dass der Zauber der Hexen vielleicht noch nicht ganz ausgereift war. Seine Wirkung auf die Sprache ihrer Opfer hielt zwar nur für eine gewisse Zeit an, hinterließ aber deutliche Spätfolgen in der Ausdrucksweise der Opfer.

Der Gefreite Ratte war so frech, sich mit den Pfoten auf den Bauch zu schlagen.

»Lächerlich, lächerlich!«, brüllte er. »Alles in der falschen Reihenfolge, alles in der falschen Reihenfolge!«

Ich vermittelte zwischen ihnen, indem ich ihnen erklärte, dass jeder sich so ausdrücken konnte, wie es ihm möglich war, und dass wir die Unterschiede akzeptieren mussten.

»Toleranz wird die Stärke unserer Armee sein, Freunde.«

Diese Sichtweise begeisterte meine Offiziere.

»Recht du hast!«, räumte der Kater ein.

»Kein Problem, kein Problem«, ergänzte die Ratte.

Und dann fügte sie mit vor Freude sprühenden Augen und einer Art Grimasse, die einem Lächeln ähnelte, noch hinzu:

»Wir fegen sie von ihren Besen! Wir fegen sie von ihren Besen!«

»Ich sehe, du hast deinen Sinn für Humor nicht verloren«, sagte ich.

Wir waren tatsächlich eine seltsame Truppe. Aber die Unterschiede trennten uns nicht, sondern ließen uns gemeinsam noch stärker sein.

Pollux beschäftigte das Erscheinen der kleinen Hexe jedoch sehr.

»Ich habe nicht damit gerechnet, dass es ein so empfindliches Wesen gibt. Diese zarte Kreatur erschüttert eine Vielzahl meiner wissenschaftlichen Überzeugungen, das muss ich gestehen. Jedenfalls habe ich den richtigen Riecher gehabt, als ich euch in der Abenddämmerung die Milch trinken ließ. Ich denke, der Ritus hat dich davor bewahrt, ganz zum Maulwurf zu werden.«

Dem Goldfisch in seinem Aquarium ging es gar nicht gut. Er regte sich sekundenlang überhaupt nicht, und manchmal musste man gegen die Glaswand klopfen, damit er reagierte. Seine Schwanzflosse zu bewegen, erforderte von ihm eine überfischliche Anstrengung.

»Halten Sie durch, Madame Livre«, sagte ich, »wir holen Sie da raus. Und wir werden auch wieder ansteckende Leser. Ich schwöre Ihnen, dass Sie den Preis als Beste Bibliothekarin Europas verliehen bekommen, und vielleicht sogar den als Beste Bibliothekarin der ganzen Welt.«

Die kleine Hexe schwebte in der Luft, ungefähr einen Meter über dem Boden. Ihre Augen waren zwei schwarze runde Punkte auf ihrem langen blassen Gesicht.

Sie sah das Aquarium unglücklich an. Mir war daher sofort klar, dass sie Mitleid mit der unglücklichen Bibliothekarin hatte und sich an der Situation schuldig fühlte. Ihr stiegen Tränen in die Augen. An diesem Detail konnte ich sicher erkennen, dass sie immer auf unserer Seite stehen würde, denn eine Hexe, die weint und deren Herz blutet, ist schon nicht mehr ganz Hexe.

»Möchtest du, dass ich dir ein Schaf zeichne?«, fragte ich.

Das Lächeln kehrte in ihr Gesicht zurück, wie ein Regenbogen, der auf ein Gewitter folgt (ich bin mir übrigens sicher, hervorragender Leser, dass du diese eleganten gedanklichen Bilder mit deiner Liebe zur Poesie wertschätzen wirst).

Ich führte meinen Plan aus, so gut ich es mit nur einer Hand und einer Maulwurfpfote konnte. Die Hexe bewunderte mein Werk lange und seufzte:

»B 612 ist ein wahrlich hübscher Planet.«

»Er ist wirklich nicht schlecht«, stimmte ich zu.

»Hast du Hunger?«, fragte ich dann noch.

Ich hatte keine Ahnung, was Hexen essen, und nicht

einmal, ob sie sich überhaupt von irgendetwas ernährten. Den Gerüchten, die von ekelhaften Menüs aus Krötenschleim, Schlangenaugen und Spinnennetzen oder Skorpioneiern sprachen, schenkte ich keinen Glauben, aber ich nahm schon an, dass ihr Verdauungssystem nicht ganz dem unseren entsprach. Daher konnte ich mir nicht vorstellen, ihr so etwas wie Sauerkraut mit Kasseler und Mettwurst oder Kartoffelauflauf mit kräftigem Bergkäse anzubieten.

»Was würde dir Freude machen?«, fragte ich.

»Eigentlich essen Hexen am liebsten Nacht-Stücke. Das verschlingen zumindest die, die ihr bekämpft. Sie mögen besonders Brote mit Dunkelheit ohne Mond, denn die Helligkeit dieses Gestirns liegt ihnen schwer im Magen. Aber mir sind schön helle Tag-Scheiben viel lieber, mit einem Schuss Regenbogen darauf, wenn möglich. Und zum Trinken reichen mir drei Tropfen Tau.«

Vielleicht lag es daran, dass ich einen Teil meiner selbst verloren hatte und in einen halben Maulwurf verwandelt zu sein mich viele Dinge ganz anders sehen ließ, jedenfalls versuchte ich gar nicht erst, sie zu verstehen, sondern ging geradewegs hinaus in den Garten meines Großvaters. Sofort brandete ein Düfte-Tsunami in meine Nasenlöcher, und ich musste mich beherrschen, mich auf meinen Auftrag zu konzentrieren und meine Krallen nicht in die fette Erde zu graben. Ich schöpfte mit meiner Hand eine große Portion hellen Morgen, holte auf meinem Nagel zwei Tautropfen von einem Rosenblatt und ging damit zurück zu der Hexe. Unterwegs passte ich gut auf, nichts zu verschütten. Sie neigte ihr seltsames Gesicht und schleckte, wie eine Katze, den helllichten Inhalt aus meinen Händen.

»Ach, tut das gut!«

Sie schloss die Augen und schlief ein. Bestimmt wegen der Verdauung. Die Mitglieder meines Generalstabs hatten in diesem Punkt schon Vorsprung, wahrscheinlich aufgerieben von der ganzen Aufregung, die wir erlebt hatten. Nur Pollux blieb wach.

Kapitel 13

Warum es von Nachteil ist, ein Maulwurf zu sein

Pollux war von den Mitgliedern meiner Armee, die mir vorausgeeilt waren, über unsere Abenteuer informiert worden. All die unvorhergesehenen Ereignisse interessierten ihn offensichtlich brennend.

»Nun ist bewiesen, dass das alte Zauberbuch die Wahrheit spricht. In der Abenddämmerung ein Glas Milch zu trinken, verhindert viele Unannehmlichkeiten.«

»Findest du? Und was sagst du zu diesem Fell, diesem Schwanz, diesen Krallen und diesen Augen, die nicht mehr viel taugen?«

Ich drückte meinen Bauch zwischen meinen Fingern zusammen.

»Mal ganz abgesehen von meiner Plauze! Hast du die Speckrolle gesehen?«

»Es hätte schlimmer kommen können. Du hättest auch ganz zum Maulwurf werden können.«

Er ging die Flasche holen, aus der er uns die Milch eingeschenkt hatte, und erklärte:

»Ich habe euch fettarme Milch gegeben, das war mein Fehler. Nächstes Mal nehmen wir Vollmilch und dann seid ihr vollständig immunisiert. Zumindest gehe ich davon aus. Denn wer kann schon behaupten, irgendetwas sicher zu wissen, wenn es um Hexerei geht?«

Ängstlich fragte ich ihn, ob die Sache umkehrbar sei und ich eines Tages meine menschliche Hälfte wiederbekommen würde.

»Sei nicht egoistisch«, verkündete mein Großvater. »Die Bibliothekarin hat wahrscheinlich bloß noch ein paar Tage zu leben, und unumkehrbar ist nur der Tod.«

Unrecht hatte er nicht, dennoch bohrte sich eine andere Sorge in meinen Geist.

»Was werden meine Eltern sagen? Sie haben mich zuletzt als Jungen gesehen und werden mich als Halb-Maulwurf wiederbekommen.«

»Gute Frage. Eltern tendieren oft dazu, das Glas halb leer zu sehen. Aber ich habe an alles gedacht.«

Er sagte mir, dass er ihnen bereits per Telefon erklärt hatte, ich müsste eine Woche bei ihm bleiben, um beim Aufräumen zu helfen. Und ich gebe zu, das war für mich eine große Erleichterung.

»Eine Woche reicht locker, um eine Lösung für unsere Probleme zu finden«, fuhr Pollux fort. »Aber jetzt ruh dich erst mal ein paar Minuten aus und nutze diese Pause, um dich zu sammeln. Danach machen wir uns Gedanken über den Kampf, den wir führen müssen.«

Ich befand mich in einem seltsamen Zustand. Zwar bedauerte ich meine Verwandlung, aber etwas sagte mir auch, dass meine jetzige Lage nicht nur Nachteile hatte. Mein Herz quoll über vor lauter Verständnis, Toleranz und Einfühlungsvermögen gegenüber meinen Kameraden. Nun war ich viel näher dran an meinen Freunden Kater und Ratte und dem Unglück, das sie erlebten. Kurz gesagt: Ich war besser.

Erst einmal musste ich jedoch durchschnaufen. Also beschloss ich, die reine und belebende Luft des Gartens atmen zu gehen, denn dessen köstliche Gerüche kitzelten mich immer noch in der Nase. Ein Duft-Orkan toste dort wie ein Fluss bei Hochwasser. Ich begriff, dass es nichts nützte, gegen meine Maulwurfnatur anzukämpfen, und rannte schnurstracks auf den Rasen. Meine Krallen tauchten in die Erde ein wie in Butter. Die Freude, die ich empfand, als ich meinen ersten Tunnel grub, war unbeschreiblich. Die Hälfte meines Körpers sank geschmeidig in die fette, feuchte Erde ein. Diese an meinen Seiten entlanggleiten zu fühlen, war ein wahrer Genuss. Das Vorankommen in der weichen, duftenden Erde wurde dann jedoch langsamer, denn ich stieß auf einige Steine. In der Dunkelheit spielten meine verformten Augen überhaupt keine Rolle mehr. Doch was war das für ein Feuerwerk für meine Nasenlöcher! Was für eine Wonne! Was für ein Freudentaumel!

Geduldiger Leser, ich ahne deine Reaktion und vermute, du bist überrascht. Was soll ich dir sagen? Mir fehlen die Worte. Du wirst meine Glückseligkeit verstehen, wenn du eines Tages auch ein Maulwurf geworden bist und dich in die Erde sinken lässt.

Als ich fast völlig in dem Gang versunken war, stieß meine Schnauze gegen etwas Spitzes, und sofort durchfuhr mich ein unerträglich brennender Schmerz. Er wurde schnell so heftig und zerreißend, dass ich dachte, ich würde in Ohnmacht fallen. Ich musste aus diesem Gang hinaus, aber ich hatte nicht mehr die Kraft, mich umzudrehen. Ich tappte in eine Pfütze aus einer schmierigen, warmen Flüssigkeit und wurde starr vor Schreck. Nur meine Füße strampelten noch im Freien.

Und genau in dem Moment spürte ich, wie jemand sie packte und daran zog! Mehr tot als lebendig, die Schnauze blutverschmiert, hörte ich die Stimme von meinem lieben Pollux, der gerade rief:

»Admiral Kater und Gefreiter Ratte, zu Hilfe! Holt ihn mir da heraus! Hau … ruck! Hau … ruck! Holt mir diese Wurst da raus!«

Wenige Sekunden später sah ich endlich wieder Tageslicht. Blut troff noch immer von meiner Schnauze. Meine tapferen Soldaten standen mitfühlend um mich herum.

»Uff! Uff!«, keuchte die Ratte.

»Tot dich geglaubt haben wir«, ergänzte der Kater.

»Maulwürfe sind Bluter«, erklärte mein Großvater. »Schon beim kleinsten Schnitt verbluten sie.«

Die Beunruhigung, die in der Stimme meines Großvaters durchklang, war ansteckend. Wenn er, der normalerweise so sorglos war, um mein Leben fürchtete, dann hieß das, dass ich in Gefahr war.

Sie schleppten mich irgendwie ins Haus, wo mein Großvater mit allem, was ihm in die Hände fiel, meine Blutung zu stoppen versuchte. Doch vergeblich, meine Kräfte begannen zu schwinden. Auf meinen Maulwurfsblick legte sich bereits ein Nebelschleier. Ich fühlte mich so weich wie eine verdorbene Salatgurke.

»Ernest wird sterben! Ernest wird sterben!«, schrie Nestor.

Er legte eine Pfote auf sein Herz und eine auf seine Stirn, wie ein Theaterschauspieler.

Die kleine Hexe, die von diesem Tohuwabohu plötzlich geweckt worden war, brauchte nur ein paar Zehntelsekunden, um an meinem Bett zu erscheinen. Sie flog so schnell, dass es schien, als würde sie sich teleportieren. Ihr langes, bleiches Gesicht neigte sich über mich, und ich spürte, wie ihr leichter Atem meine Schnauze streifte. Der Schmerz verschwand fast augenblicklich. Als ich mit der Hand über meine Verletzung strich, aus der ich ausgelaufen war, spürte ich nur noch eine leichte Schwellung. Die Blutung war tatsächlich gestillt.

»Hast du denn die Gabe, alles zu heilen?«, fragte ich.

»Jetzt nicht mehr, leider, denn ich habe die einzige Zauberkraft, die ich noch hatte, benutzt, um dich zu retten.«

Meine Freunde und mein Großvater Pollux verfolgten das Ganze mit einer gewissen Rührung.

»Da bist du gerade noch einmal davongekommen! Ich gestehe, ein paar Minuten lang gedacht zu haben, wir würden dich verlieren, und es fühlte sich an, als würde mir das Herz stehen bleiben. All die schönen Stunden, die wir miteinander verbracht haben, sind noch einmal in meinem Kopf vorübergezogen. Eine schöne Zeitreise!«

Aber da er schon ganz andere Dinge erlebt hatte, verlor er die Realität nicht aus den Augen. Er räusperte sich und fuhr fort:

»Genug an die Vergangenheit gedacht, richten wir unseren Blick nun lieber auf die Zukunft.«

Seine Stirn legte sich in Falten, ein Zeichen für große Beunruhigung, und mit einer Kinnbewegung deutete er auf die Bibliothekarin in ihrem Aquarium, um das wir uns alle versammelten. Der Fisch bewegte sich kaum noch. Seine schöne rötliche Farbe verblasste von Minute zu Minute und seine schlaffen Flossen sahen aus wie tote Algen. Wir tauschten besorgte Blicke.

Die Hexe tauchte zwischen uns auf. Ein großes Erstaunen lag auf ihrem flachen Gesicht.

»Sie wird sterben«, sagte ich.

Die Hexe riss ihre beiden runden schwarzen Augen auf. Ihr Mund spitzte sich zu einem einfachen Punkt.

»Sterben? Was ist das?«

»Das ist, wenn man aufhört zu leben«, antwortete ich. »Jeder hört irgendwann, eines Tages, zu leben auf. Das muss so sein. Und das droht unserer Bibliothekarin zu passieren. Ein Mensch kann allerlei harte Proben durchstehen, ein Fisch ist dagegen viel verletzlicher. Ich glaube, diese Abenteuer haben ihr einen tödlichen Schlag versetzt.«

»Der Fluch hat wieder die Familie Livre erfasst!«, heulte mein Großvater mit Schluchzern in der Stimme.

Er drehte sich zu dem Schmetterling um.

»Meine arme Babette!«

Die Hexe glitt zu ihm hin und lehnte ihren Kopf gegen seine Schulter.

»Die Bewohner von B 612 sind sehr verletzlich«, sagte sie. »Daher brauchen sie Bücher, um ihren Kummer, ihr Unglück und die Enttäuschungen zu vergessen. Das Leben der Hexen kennt keinen Anfang und kein Ende. Sie kennen kein Glück und keinen Kummer. In ihrem Geist gibt es nur Wut und Hass. Bücher nützen ihnen gar nichts.«

»Aber du«, sagte ich, »du scheinst ganz anders zu sein.«

»Am Anfang war ich wie alle anderen. Ich habe den Buchleck-Lehrgang besucht, um meinen Abschluss zu machen, das ZfVaL (Zertifikat für Verwandlung ansteckender Leser). Aber ich habe einen fatalen Fehler gemacht und vergessen, meine Vulkangestein-Brille aufzusetzen. Schon war ich angesteckt. Das ist das Schlimmste, was einer Hexe passieren kann. Sie wird sofort eine Aussätzige, eine Abtrünnige, die man verfolgt, weil sie die anderen anstecken könnte. Deshalb sind meine Nägel rosa und nicht grün.«

»Jetzt verstehe ich alles«, murmelte mein Großvater.

»Ich habe mich in der Bibliothek versteckt, in der ihr mich gefunden habt. Als ich euch getroffen habe, haben wir uns miteinander vertraut gemacht. Das ist alles.«

Ich kann mir vorstellen, unverbesserlicher Leser, dass du diese Erklärungen sehr interessant finden wirst, dir aber noch tausend andere Fragen stellen musst.

Lass uns ein neues Kapitel aufschlagen, vielleicht warten darin ja die Antworten, wer weiß!

Kapitel 14

Warum es von Vorteil ist, einen fein ausgeklügelten Plan zu haben

Mein Großvater war wie du, lieber Leser, er stellte sich eine Menge Fragen und löcherte damit die kleine Hexe.

»Es heißt gerüchteweise, Hexen hätten die Macht, die Zeit zurückzudrehen. Ist das wahr?«

»Stimmt genau«, antwortete unsere Freundin. »Die Zeit existiert für Hexen gar nicht, denn ihr Leben hat kein Ende. Gegenwart, Vergangenheit, Zukunft, nichts von alldem ergibt für sie irgendeinen Sinn. Die Dinge haben weder Anfang noch Mitte oder Ende. Die Hexen fliegen durch die Zeit, egal in welcher Richtung. Sie können sich darin also auch rückwärtsbewegen. Logisch.«

»Normal, normal«, meinte Dédé anmerken zu müssen.

»Aber dann heißt das ja«, sagte ich, »wenn sie uns helfen, ein paar Tage in der Zeit zurückzugehen, ist nichts von alldem passiert! Dann ist Madame Livre nie ein Fisch gewesen und meine Freunde auch kein Kater und keine Ratte.«

»Und du«, fügte mein Großvater hinzu, »bist dann nie ein Halb-Maulwurf gewesen.«

Die Hexe lächelte.

Meine beiden Soldaten begannen vor Freude zu hüpfen und reichlich Miauen und Quieken von sich zu geben. Sie klatschten sich mit den Pfoten ab. Ich gestehe, ich hätte mich ihnen gerne angeschlossen, aber mein Großvater rief sie zur Ordnung.

»Freut euch nicht zu früh, ihr Knallköpfe. Wenn ihr meint, das würde einfach, täuscht ihr euch gewaltig!«

Mit ihrer leisen, immer schwächer und ferner klingenden Stimme sprach die Hexe weiter:

»Hexen benutzen diese Kraft ausschließlich als allerletzte Möglichkeit, nur, wenn sie sich sehr fürchten. Dann brauchen sie bloß zwei oder drei Zauber auszusprechen, um sich aus der Affäre zu ziehen, indem sie in die Vergangenheit zurückkehren. Weil sie das so meisterlich beherrschen, können sie jeder beliebigen Falle entgehen.«

Sie unterbrach sich und holte ein paarmal tief Luft, als ob dieser Satz sie außer Atem gebracht hätte.

»Und du«, fragte ich, »hast du diese Zauberkraft nicht mehr? Du sprichst von den Hexen, als wärest du keine mehr.«

Ihre schwarzen Äuglein starrten auf einen festen Punkt am Boden. Eine große Erschöpfung stand ihr ins Gesicht geschrieben.

»Ich kann nicht gleichzeitig ansteckende Leserin und Hexe sein. Das ist unmöglich. Ich fliege nicht mehr durch die Zeit, sondern weiß, dass die Dinge einen Anfang, eine Mitte und ein Ende haben. Das tut ein bisschen weh, aber es gibt meinem Leben Sinn, von alldem zu wissen.«

Sie flog langsam auf das Aquarium zu, nahm es in ihre Arme und kam damit zurück in die Mitte des Raumes. Wir versammelten uns um sie.

»Ihr könnt eure Freundin, die Bibliothekarin, noch retten. Aber ihr habt nicht mehr viel Zeit. Die Gefahr, vor der sich die Hexen am meisten fürchten, ist eine schöne Seite aus einem schönen Buch. Wenn ihr Bücherhexen auf diese Weise bedrohen könnt, werden sie sich sofort in Sicherheit bringen, indem sie in die Vergangenheit zurückkehren. Und ihr werdet dann auch gleich dorthin versetzt.«

Sie streckte langsam ihren langen, sehr dünnen Arm nach mir aus und ihre Hand berührte meine.

»Und du?«, fragte ich. »Wo wirst du dann sein? Was wird aus dir?«

»Ich verschwinde im Lauf der Zeiten, aber du und deine Freunde, ihr werdet gerettet.«

Meine beiden Offiziere schauten sich an, völlig verdutzt von den Worten der kleinen Hexe.

Sie streckte sich einige Zentimeter über dem Boden aus, kreuzte ihre beiden weißen Hände auf ihrem Bauch und regte sich nicht mehr. Admiral Kater und Gefreiter Ratte begannen sie zu beschnuppern.

Mein Großvater räusperte sich und erklärte:

»Lasst sie schlafen. Ihr seht doch, dass sie sich ausruht.«

Er hustete, aber ich glaube, das tat er vor allem, um seine Rührung zu verbergen.

»Bald bricht die Abenddämmerung an«, sagte er. »Es wird Zeit, dass ihr euer Glas Milch trinkt. Vollmilch dieses Mal. Es reicht jetzt mit den Dummheiten.«

Er füllte zwei Milchschalen und hielt mir ein volles Glas hin, das ich langsam austrank.

Meine beiden Kampfgefährten standen schon stramm, wobei ihnen noch die Milch aus den Barthaaren tropfte. Ich gesellte mich zu ihnen. Pollux fuhr mit seinem Rollstuhl vor uns entlang, warf einen Blick auf seine Armbanduhr, strich sich über den Schnurrbart und bellte:

»Soldaten Ratte, Kater und Maulwurf, die Nacht wird gleich hereinbrechen. Die Stunde der letzten Schlacht hat geschlagen. Das Schicksal der Bücher, des Lesens, der Bibliotheken und aller Leser liegt in euren Pfoten. Kurz zusammengefasst hängt das Schicksal der ganzen Welt von eurem Mut ab. Zuerst legt eure Uniformen an!«

Während unserer Abwesenheit hatte er Witch-Buster-Anzüge genäht, die den Körperformen meiner Offiziere angepasst waren. Es gab ein Loch im Stoff, durch das sie ihren Schwanz stecken konnten, und zwei weitere Löcher für ihre Augen.

Lieber Leser, ich weiß nicht, ob du schon einmal einer Ratte und einer Katze eine Uniform angezogen hast. Das ist nicht so einfach. Ich schaffte es jedoch letztlich unter dem ernsten Blick meines Großvaters.

»Nun seid ihr bereit, in die Schlacht zu ziehen«, sagte er. »Seid tapfer, haltet zusammen und kommt siegreich zurück. Das hier ist mein Plan.«

*

Wir verabschiedeten uns von der Bibliothekarin und versprachen ihr dabei, unser Bestes zu geben. Sie machte uns Mut, indem sie mit ihrer Schwanzflosse schlug. Die kleine Hexe schlief weiterhin ein paar Zentimeter über dem Boden. Ihr Gesicht war nur noch ein blassweißes Oval.

Tausend Fragen brannten mir auf der Zunge. Ich wurde das Gefühl nicht los, dass sie uns nur einen Teil der Wahrheit gesagt hatte. Aber mein Großvater erinnerte uns daran, dass wir nicht endlos Zeit hatten und uns auf den Weg machen mussten.

Wir gingen hintereinander die Straße zur Bibliothek entlang, und in unseren Anzügen hatten wir das Zeug zu Filmhelden. Ich eröffnete meinen Kameraden diesen Gedanken:

»Findet ihr nicht, dass wir den Fantastischen Vier ähneln, auch wenn wir nur zu dritt sind?«

»Interessante und scharfsinnige Bemerkung, interessante und scharfsinnige Bemerkung«, erklärte André.

»Wenn zu schleimen aufhören du könntest, genial das wäre«, fügte Nestor hinzu.

Ich machte sie darauf aufmerksam, dass gerade nicht der passende Augenblick für Nörgeleien und Kritteleien war, und erst recht nicht für ein Auseinandergehen. Wir mussten der rohen Grausamkeit der Hexen eine unüberwindliche Mauer entgegensetzen.

»Und unsere Devise, na?«, fragte ich. »Einer für alle, alle für einen, sagt euch das nicht irgendwas?«

Wir hoben gleichzeitig die Vorderpfote als Zeichen der Verbundenheit und des Zusammenhalts. Und so kamen wir aufeinander eingeschworen an der Bibliothek an.

»Ihr erinnert euch selbstverständlich an den Plan?«, fragte ich.

»Äh ... habe ich vergessen, habe ich vergessen«, verkündete die Ratte.

»Ebenfalls ich.«

Ich schloss daraus, dass die Verwandlung und die Aufregungen, die sie erlebt hatten, ihr Gedächtnis und ihr Konzentrationsvermögen verschlechtert hatten.

»Na gut, es ist ganz einfach. Erster Akt: Wir warten ab, bis die Oberhexe ihre Vulkangestein-Brille aufgesetzt hat, um die Bücher abzulecken. Bis dahin bleiben wir versteckt. Habt ihr das jetzt gut verstanden?«

Ihre Köpfe schwangen auf und ab.

»Ganz genau! Ganz genau!«

»Sehr gut«, fuhr ich fort. »In dem Augenblick beginnt der zweite Akt: Gefreiter Ratte, du schleichst dich geräuschlos oben auf das Regal, und sobald du es für richtig hältst, lässt du dich auf die Vulkangestein-Brille fallen. Dadurch wird die auf den Boden geschleudert. Dann nutzt du den großen Überraschungseffekt aus. Die Hexe wird nicht schnell genug reagieren können, um dich zu fangen.«

Ich drehte mich zu Admiral Kater um. Eine Grimasse verformte seine Gesichtszüge, weil er sich so sehr bemühte, sich auch ja zu konzentrieren, darum sah er wie jemand aus, der es gerade aufgrund übler Verstopfung nicht schafft, sein Geschäft zu erledigen.

»Hör gut zu. Das ist der Moment, in dem du die Szene betrittst, für den dritten Akt! Du stürzt dich auf die Brille, packst sie mit deiner Schnauze. Um dich zu motivieren, stell dir vor, es wäre eine Sardine. Und dann läufst du, ohne sie fallen zu lassen, mit dem Gefreiten Ratte zum Ausgang. Wir sorgen schon vorher dafür, dass die Tür einen Spalt offen steht. Verstanden?«

Ich las in den Augen meiner beiden Genossen, dass ihnen ein Teil des Plans noch entging.

»Ihr fragt euch, wozu ich bei dem Ganzen gut bin?«

»Genau, genau!«, stieß Dédé hervor.

»Das ist nicht kompliziert, obwohl durchaus gefährlich. Vierter Akt: Ich zücke das Exemplar vom *Kleinen Prinzen* hier. Die Hexen fürchten dieses hoch ansteckende Werk ganz besonders. Ich stürze mich dann auf die Hexe, die ihrer Brille beraubt ist, und werde das aufgeschlagene Buch vor ihre Augen halten. So überrumpelt, wird sie sich nicht zurückhalten können und lesen. Sie wird keine andere Lösung finden, als ihren Zeitrückreise-Zauberspruch aufzusagen.«

»Hmm, hmm«, murmelte André. »Weiß nicht, weiß nicht.«

»Nicht überzeugt ich zugeben muss zu sein.«

Es stimmt, dass dieser Plan einige Unsicherheiten aufwies. Sogar wenn alles nach Plan laufen sollte, wussten wir dennoch nicht, was danach passieren würde. Was wäre, wenn die Hexen zu weit in die Vergangenheit zurückspringen würden? Die Oberhexe durfte nur so viel Angst bekommen, dass sie ein paar Tage zurückhüpfte. Wenn sie einen riesigen Schrecken bekam, konnte es passieren, dass sie uns einen Zeitsprung von mehreren Jahrzehnten machen ließ, also in eine Zeit, in der es uns noch gar nicht gab, und das würde verdammt anstrengend werden.

»Nun gut, liebe Freunde, wenn ihr Bammel habt, denkt daran, dass wir darum kämpfen, die Bücher und das Lesen zu retten, also die Zukunft der freien Welt. Vor der Schlacht habe ich noch eine Überraschung für euch.«

Ich gab ihnen die kleine Handvoll Leckerlis und die paar Würfel Schweizer Käse, die ich dafür vorgesehen hatte – Stichwort Motivation.

»Mmmmh, mmmmh«, brummte der eine.

»Mmmmh, mmmmh«, brummte der andere.

Da waren sie sich doch glatt einmal einig! Alles lief gut.

Kapitel 15

Warum es von Nachteil ist, nicht gegen seine Natur ankämpfen zu können

Dieses Mal hatten wir darauf geachtet, etwas mitzunehmen, mit dem wir die Eingangstür aufbrechen konnten. Mein Großvater hatte uns gezeigt, wie man das macht, und wir gelangten problemlos in den Lesesaal, wo wir uns unter dem Schreibtisch der Bibliothekarin versteckten. Der Mond ließ sein silbriges Licht über die Bücherreihen wandern. Ein paar der Bücher glänzten mehr als die anderen.

Ein charakteristisches Pfeifen bestätigte uns, dass die Hexen eintrafen, ebenso wie das Erscheinen des zweiten Mondes. Das Geräusch war zunächst noch weit entfernt, wuchs aber an und verwandelte sich letztlich in einen schrillen Lärm, der uns zwang, uns die Ohren zuzuhalten. Ein Wehen, das eines Orkans würdig gewesen wäre, vervollständigte dieses Getöse.

Schon bald beruhigte sich der Wirbelsturm, und in der Dunkelheit entstanden die bereits erwähnten Spiralen, aus denen zunächst unscharfe Silhouetten hervorgingen, die sich dann sogleich verdichteten. Mit diesen Erscheinungen waren wir nun vertraut. Es ist schon lustig, wie schnell man sich an die furchtbarsten paranormalen Erscheinungen gewöhnt!

Ich dachte an die kleine Hexe, die bei Pollux zu Hause schlief, und spürte sie an unserer Seite. Zwar war ich sicher, dass sie sich an dem Kampf, den wir führten, beteiligte, aber ich wusste nicht, welche Form von Opfer sie genau brachte.

Mit rot glühenden Augen richteten die Kreaturen ihre grünen Nägel auf die Bücherreihen und stimmten ihre teuflische Hymne an. Aus ihren stinkenden Mündern ragte eine lange Zunge hervor, die wie eine elektrische Schnecke vor ihnen herumzuckte.

Sollen doch die Knirpse, kleinen Wichte, Blagen

ihre letzte Nacht in Federbetten haben!

Heute Abend woll'n wir unser Werk vollenden

und durch unsere Spucke Bücher

schnurstracks in die Hölle senden.

Nieder mit dem Lesen! Ein Hoch
auf Langeweil' und Kummer!

Adieu, ihr fürchterlichen Gören,
verdammten Narren, kümmerlichen Kleinen!

Wie auch immer sie heißen mögen,

durch eure Bücher ihr sterbt, auf dass alle weinen!

Schon bei den ersten Worten, noch vor Kapitelende,

was für ein Spaß, seid ihr in finst're Viecher
verhext – durch unsre Hände!

Nun ist die Stund' eurer Qual gekommen,
ihr schändlichen Schreiberlinge,

denn die Hexen, das schwöre ich euch,
sind fuchsteufelswild und nicht guter Dinge.

Sie von Jahrhundert zu Jahrhundert zu quälen,
ohne Ende, einfach nur so,

da verdientet ihr nichts als einen
festen Tritt in den Po!

Nieder mit dem Lesen! Ein Hoch
auf Langeweil' und Kummer!

Eure Bücher, ihr elenden Flaschen,
verschwinden in Vergessenheit!

Ihr triebt es allzeit zu weit,

jetzt ist die Stund' unserer Rache gekommen,

und da gehört Gift drauf genommen!

Nieder mit dem Lesen! Ein Hoch
auf Langeweil' und Kummer!

Statt von diesem dämonischen Lied verängstigt zu sein, wiegten sich meine Kampfgefährten in dessen Rhythmus, wackelten mit den Hintern und schlugen den Takt mit ihren Pfoten. Ich warf ihnen einen finsteren Blick zu, der diesem Theater ein sofortiges Ende setzte.

Als die Hexen mit ihrer furchtbaren Hymne fertig waren, machten sie sich in einem riesigen Durcheinander gegenseitig Komplimente. Diese Gelegenheit nutzte ich und murmelte meinen Begleitern zu:

»Der schicksalhafte Moment ist gekommen. Seid ihr bereit?«

Sie formten mit ihren Schnauzen ein ›Ja‹.

Ich wusste nicht, ob Ratten Englisch verstehen, aber ich konnte nicht umhin, meine Ansprache mit diesem grandiosen, gar historischen Ausdruck abzuschließen:

»Let's go!«

Der Gefreite Ratte setzte sich sofort in Bewegung

(er schien also wohl Englisch zu verstehen) und seine zierlichen Pfoten trugen ihn in wenigen Sekunden ganz oben auf die Regale. Bis dahin klappte alles wunderbar. Die Hexen waren zu sehr damit beschäftigt, ihre traurige Mission vorzubereiten, als dass sie irgendetwas hätten mitbekommen können.

»Dämonische Hexenschwestern«, stimmte die Oberhexe an, »setzt eure Vulkangestein-Brillen auf. Die aus dem Lavagestein des Vesuvs sind die stärksten, aber die vom Fujijama halten am längsten. Von denen aus dem Gestein französischer Vulkane rate ich euch ab, die sind zwar billiger, taugen aber wenig.«

Sie musterte ihre kleine Armee.

»Brille auf? Prima! Und jetzt möge euch das Wasser im Munde zusammenlaufen! Möge euch die saure Spucke bis zur Oberkante Unterlippe steigen. Infiziert alles, was ihr könnt! *Diabolika Attacka!*«

Mein Herz flatterte wie ein Vogel in einem Käfig, denn für unseren Rattenhelden näherte sich nun der Moment, in dem er beweisen musste, dass er seiner Aufgabe gewachsen war. Die Hexen steuerten gerade auf die Bücher zu. Ihre grünen Nägel streiften sie schon. Alles würde sich in den nächsten Minuten entscheiden.

Aber von wegen: Keine Ratte in Sicht. Die Hexen begannen, die Bücher mit ihren Zungen, die so schleimig waren wie Schnecken, abzulecken, bevor sie diese triefend zurück an ihren Platz stellten. Was machte unser Freund? Weißt du es, bewundernswerter Leser?

Ein leises Klacken gab uns die Antwort. Klack! Ich nahm es dank meines besonders fein entwickelten Maulwurfgehörs wahr. Plötzlich fiel mir wieder ein, dass die Belegschaft der Bibliothek in den letzten Wochen Rattenfallen aufgestellt hatte.

»Was für ein Blödmann, dieser Dédé!«, murmelte ich. »Er konnte es sich nicht verkneifen, nach einem Stück Schweizer Käse zu angeln, und jetzt sitzt er fest!«

Der Kater verdrehte die Augen, ein Zeichen, dass dieses erbärmliche Verhalten ihn nicht besonders erstaunte.

»Nie auf ihn verlassen man sich kann«, murmelte er.

Wir würden kostbare Zeit verlieren, wenn wir einen Plan B ausarbeiten wollten, Zeit, die uns nicht zur Verfügung stand. Wie die kleine Hexe uns erklärt hatte, konnte die Buchableckerei nur ein paar Minuten dauern, und dann würden die Hexen sich aus dem Staub machen.

Ich erinnerte mich daran, dass ein Spiegel an der Wand Madame Livre ermöglichte, das Benehmen der Leser zu überwachen. Mit etwas Glück könnte ich, wenn ich den richtigen Winkel dafür erwischte, vielleicht entscheidende Informationen über die Lage des Gefreiten Ratte einholen. Das Problem war meine Kurzsichtigkeit: Ob mit oder ohne Spiegel, ich konnte kaum etwas sehen. Zum Glück hatte ich eine Damenbrille auf dem Schreibtisch erblickt, vermutlich die von Madame Livre. Stimmt ja, sie war doch auch kurzsichtig, genau wie ich! Ich schob unauffällig meine Hand auf die Brille zu und schnappte sie mir.

So ausgestattet, machte ich mich daran, ein paar Meter nach rechts zu krabbeln. Der Winkel war perfekt. Was ich nun sah, ließ mein Herz zerspringen.

Unser Freund und Held Ratte war tatsächlich in eine Falle getappt, weil er nicht gegen seine Käseliebhaber-Natur angekommen war. Und jetzt war er dabei, seinen Schwanz zu opfern, der in einer Nagetierfalle festklemmte. Er nagte an ihm so still wie geduldig. Ich ärgerte mich darüber, dass ich an ihm gezweifelt hatte. Mit Tränen in den Augen beschloss ich, ihm den Dienstgrad eines Marschalls zu verleihen.

Mit einem letzten festen Zubeißen zerteilte er seinen kostbaren Anhang und rollte sich zusammen, während er einen Schmerzensschrei herunterschluckte. Dann, als er wieder zu sich kam, studierte er die Lage. Und die Dinge standen nicht gut für uns: Nie waren die Hexen beim Ablecken der Bücher mit solchem Feuereifer und Vertrauen vorgegangen. Sie stöhnten vor Freude. Marschall Ratte taumelte bis zum Rand des Möbelstücks gleich über der Oberhexe, die mit Leib und Seele bei der Sache war. Wir tauschten einen Blick, der sehr viel darüber sagte, wie einig wir uns waren. Ich hielt meine menschliche Hand hoch und streckte den Daumen. Er warf sich ins Leere, mit blutigem Schwanzstummel und mit den vier Pfoten rudernd wie in einem Superhelden-Film. Er klatschte auf das Gesicht der Hexe, um die Brille zu packen, die zu Boden fiel.

Mein Großvater hatte es richtig vorausgesagt. Wenn

die dämonischen Wesen so in ihrem Festmahl unterbrochen wurden, brauchten sie einige Sekunden, um zu verstehen, wie ihnen geschah. Und das war wichtig für Admiral Kater, damit er seinerseits losflitzen und sich die Brille schnappen konnte.

Kapitel 16

Warum es von Vorteil ist, sich an das zu erinnern, was noch gar nicht stattgefunden hat

In einer halben Sekunde hatte Nestor die Brille erwischt. Sein Kiefer schnappte zu, und Admiral Kater flitzte, flankiert von seinem Mitstreiter, in geduckter Haltung auf den Ausgang zu. Minimales Ärgernis: Da das Objekt schwerer war als erwartet, mussten sie es zu zweit über den Boden schleifen, was ihre Flucht etwas verlangsamte.

Nun war ich dran. Mit einem Sprung stürzte ich mich auf die Oberhexe, die, sich um sich selbst drehend, überall nach ihrer heruntergefallenen Brille suchte.

»Meine Brille!«, rief sie. »Wo ist meine Brille?! *Maximum Problemum! Kacka ziegensia!*«

Ihre Gefährtinnen waren so begeistert dabei, mit ihren zerstörerischen Zungen über die Seiten zu lecken und währenddessen wie Ferkel im Schlamm zu grunzen, dass sie die Chefin gar nicht beachteten. Schlürf! Schlürf! Schlürf! Mehr war aus dem stinkenden Abgrund ihrer Münder nicht zu hören.

»Bei meinem widerlichen Sabber!«, rief die Oberhexe aus, die keine Brille mehr hatte. »Ich glaube, ich bin in einen Hinterhalt geraten. Sollte hier etwa noch eins von diesen Kakerlakenkindern herumlungern? Frechdachse! *Doofi Leseri!*«

Mit meiner starken Maulwurfspfote, die es gewohnt war, Gänge zu graben, packte ich sie beim Hals. Nicht mehr in der Lage, sich zu bewegen, konnte sie nur noch eins tun, nämlich brüllen:

»Hilfe! Helft mir, ich hatte recht! Ein kleiner Affe! Ein komischer Kauz! Lass mich los, du Rattenarsch, du verfluchter eingebildeter Wicht, du schlecht gewaschenes Naturkind!«

In ihrer blinden Wut hatte sie nicht die Geistesgegenwart, die Augen zu schließen. Also hielt ich ihr mit meiner menschlichen Hand, die weniger stark, jedoch geschickter war, die erste Seite vom *Kleinen Prinzen* vor die Augen. Wie erwartet konnte ihr Gehirn gar nicht anders, als die ersten Zeilen dieses magischen Werkes zu lesen.

In einem winzigen Sekundenbruchteil verlor ihr Atem ein wenig von seinem Gestank. Die Oberhexe schien in meinen Armen weicher zu werden, sie hörte auf, ihre gewohnten Beleidigungen auszuspucken. Ich glaubte sogar zu bemerken, dass ein leichter Hauch von Jasminduft aus ihrer Kehle kam. Worauf wartete sie noch? Warum sprach sie noch nicht ihren Zeitzurückdrehzauber aus? Sie las weiter, als hätte die Magie dieses Werkes sie besiegt.

Mir machte es langsam Angst, dass unser ganzer Plan womöglich gerade ins Wasser fiel, weil alles zu gut lief, und dass wir Maulwurf, Kater, Ratte und Goldfisch bleiben würden, was eine verflucht schlechte Neuigkeit war.

Doch da kam ihr ein Strahl des zweiten Mondes zu Hilfe, der auf ihre beiden grünen Nägel fiel. Die Oberhexe fing plötzlich dermaßen an zu zucken, dass man hätte denken können, ein elektrischer Schlag wäre durch sie hindurchgerast. Ich spürte, dass sie wie ein Wurm in meinen Armen zappelte, um sich aus meinem Griff zu befreien, aber ich hielt durch. Eine grünliche Flüssigkeit schoss in einem großen sauren Spritzer aus ihrem Mund auf das Buch und verbrannte sofort dessen Seiten. Ich ließ es gerade noch rechtzeitig los, sodass die angekohlten Seiten zu Boden segeln konnten. Mit einem Ruck schaffte die Oberhexe es, sich zu befreien und mich unter einen Tisch kullern zu lassen.

»Vade retro Satanas!«, schrie sie. *»Leserus ekelorus! Kotzis Buchis et tutti Bibliothekus! Horribilis bucharium! Inferno poetico et romano! Arrrgggh: Dummus Kindus leserus! Leserus kindus doofus kackatus!«*

Sie verdrehte die Augen, neigte sich nach hinten, streckte ihre verfaulten Nägel zum Himmel und brüllte noch lauter:

»Tutto finito! Ultima kaputta!«

Soweit ich sie verstehen konnte, erfreute mich das Programm, das sie mit ihrem Gebrüll ankündigte, nicht so besonders.

Genau in diesem Moment begannen die anderen Hexen, sich von ihrem Leckauftrag abzuwenden. Sie sahen so aus, als würden sie sich fragen, was es mit der Aufregung ihrer Oberhexe auf sich hatte.

Diese hob, mit letzter Kraft, ihr Gewand an und zeigte auf diese Weise ihren nabellosen Bauch. Das musste eine Art Geheimzeichen sein, denn die anderen standen plötzlich im Kreis um sie herum und taten dasselbe. Ich fragte mich, wozu diese Art Striptease gut sein sollte, als eine Kugel auftauchte und anfing, mitten im Kreis zu knistern. Sicher war das eine supermächtige Kugel aus elektrischer Energie, die sich vom zweiten Mond gelöst hatte, oder so etwas in der Art. Blitze kamen daraus hervorgeschossen und trafen jede Hexe genau an der Stelle, an der sie einen Nabel hätte haben müssen. Sie schrien alle zusammen:

»Nabelus, Nabelum, Nabelatum! Tempus zurückus! Zeitis umgedrehtis! Zauberus hinfortus! PERFEKTUM GANGUM RÜCKWÄRTSUM. KACKUM FINALUM.«

***

Lieber Leser, wenn du diese Zeilen liest, dann hast du deine Lektüre nicht abgebrochen, und ich gratuliere dir zu deiner Zähigkeit und deiner Geduld. Du verdienst es also, als ansteckender Leser gezählt zu werden. Ich könnte hier aufhören zu berichten, denn du weißt das Wesentliche, aber in Anbetracht der unglaublichen Dinge, die du bis hierher gelesen hast, wirst du auch den Rest noch problemlos verschlingen.

Als ich wieder aufwachte, war es Punkt Mitternacht, zumindest wenn ich der alten Wanduhr in der Bibliothek glaubte, deren Sekundenzeiger tapfer vorwärtslief.

Ich hatte Schmerzen in den Muskeln, einen benebelten Geist, gereizte Augen. Mein Gedächtnis war wie gelähmt, ich konnte darin wühlen, so viel ich wollte, es war wie Buddeln im Sand. Die Bibliothek war verlassen, die Bücher standen perfekt aufgeräumt in Reih und Glied. Die einzige Spur von Unordnung war ein Fitzel verkohlten Papiers auf dem Boden. »Asteroid B 612« waren die einzigen Worte aus *Der kleine Prinz*, die noch zu entziffern waren.

Im Lauf der nächsten Minuten stob ein Funkenregen durch meinen Kopf, als ob man Feuersteine darin aneinander gerieben hätte, und die Erinnerung, ein Maulwurf gewesen zu sein, flammte vage auf.

Ich steuerte auf den Spiegel zu. Mein Fell auf dem linken Arm sowie meine Krallen waren verschwunden, und meine Ohren sahen wieder normal aus, sie standen nur ein wenig ab. Vor allem konnte ich wieder scharf sehen. Und was die Versuchung angeht, einen Gang zu graben: Die juckte mich nicht mehr als einen stinknormalen Menschen.

Ich ließ meinen Blick über die Bücher in den Regalen schweifen. Eins nahm ich heraus, das erste in der alphabetischen Aufstellung: *Alice im Wunderland*.

Es passierte nichts Besonderes. Ich warf einen Blick auf den Himmel. Ein einziger Mond stand da oben.

Wo waren meine Freunde? Hatten sie diese Rückkehr in die Vergangenheit überlebt? Oder waren sie in eine Art Zeit-Schlund gestürzt?

»Nestor!«, rief ich, »André! Zeigt euch.«

Stille allein antwortete mir. Ich spürte, wie mich bei der Vorstellung, die Hexen könnten die beiden in ihre schändliche Welt mitgenommen haben, die Angst packte. Doch da drang das Geräusch von Schritten, Stimmen und Türen, die geöffnet wurden, an meine Ohren. Die Tür des Lesesaals knallte laut und heftig gegen die Wand.

»Da bist du ja!«, rief Madame Livre. »Verflixt noch mal, jetzt muss ich aber erst mal durchatmen! Ich bin vorhin überstürzt aufgebrochen, und dann kam mir so eine Ahnung. Mir ist aufgefallen, dass ich dich nicht hatte hinausgehen sehen. Also habe ich deine Eltern angerufen und gefragt, ob du zu Hause bist.«

Ich beruhigte die Bibliothekarin, indem ich ihr erzählte, alles sei in Ordnung. Jetzt, wo der Verlauf der Ereignisse sich in meinem Kopf zu sortieren begann, fragte ich sie:

»Und Sie? Haben Sie keine Schmerzen in den Flos... Armen? In den Beinen?«

»Überhaupt nicht, warum? Ich bin bestens in Form. Ich habe mich für einen Tauchkurs angemeldet. In letzter Zeit habe ich eine wahnsinnige Lust zu schwimmen. Los, komm, ich bringe dich nach Hause.«

Im Auto schossen mir allerlei Fragen durch den Kopf. Ganz offensichtlich hatte Madame Livre überhaupt keine Erinnerung mehr an ihre Begegnung mit den Hexen, und auch nicht an ihren Aufenthalt im Aquarium. Sie machte sich hauptsächlich Sorgen, wie meine Eltern reagieren würden.

»Machen Sie sich keine Gedanken«, beruhigte ich sie. »Sagen Sie mir lieber: Glauben Sie an Hexen?«

»Was für eine Sorte?«

»Hexen, die Lesen und ansteckende Leser verabscheuen könnten, weil Hexen in Büchern als niederträchtige Kreaturen mit Hakennase, haarigen Warzen und alten, schäbigen Besen dargestellt werden. Hexen mit einem grünen Nagel und einem steifen Finger, hier, so.«

Ich streckte meinen kleinen Finger in die Luft, wie ich es bei den Unheilbringenden gesehen hatte.

Madame Livre konnte sich nicht beherrschen und lachte laut los.

»Wie in der Serie *The Invaders*. Typen, die aus dem Weltall gekommen sind und die der Held an ihrem gestreckten kleinen Finger erkennt. Wie witzig!«

»Also glauben Sie daran?«

»An Außerirdische?«

»Nein, an Hexen.«

»In Büchern, ja, aber in der Wirklichkeit natürlich nicht. Bist du sicher, dass bei dir alles in Ordnung ist?«

Um meine letzten Zweifel auszuräumen, beschloss ich, ihr die Frage zu stellen, die alles klären würde:

»Madame Livre, verstehen Sie das nicht falsch, aber sagen Sie mir: Haben Sie einen Bauchnabel?«

Sie bremste scharf. In ihrem vor Überraschung verzerrten Gesicht glaubte ich den Ausdruck des Goldfisches wiederzuerkennen.

»Selbstverständlich habe ich einen Nabel. Jeder hat einen Bauchnabel. Ich weiß gar nicht, warum ich auf so eine Frage überhaupt antworte. Willst du ihn womöglich sehen?«

»Nein, nein, nicht nötig.«

*

Am nächsten Morgen eilte ich schon ganz früh zu meinem Großvater. Er schloss mich sofort in seine Arme und atmete erleichtert auf. Pollux hatte die ganze Nacht nicht geschlafen und wollte gerade, weil die Angst an seiner Seele nagte, mit seinem Rollstuhl in Richtung Bibliothek aufbrechen, um mir zu Hilfe zu kommen.

Ich staunte darüber, dass er nichts von alldem vergessen hatte, was uns widerfahren war. Aber dafür gab es eine ziemlich einfache Erklärung.

»Wenn es gut dosiert ist«, erklärte Pollux, »hilft das Glas Milch nicht nur dabei, den bösen Zaubern der Hexen zu entkommen, sondern auch, sich an das zu erinnern, was noch gar nicht passiert ist.«

Deshalb wusste Madame Livre nichts mehr davon.

»Ihr habt eine Schlacht gewonnen, aber ihr habt sie nicht gänzlich besiegt«, fügte er allerdings hinzu. »Die Bücherhexen werden wiederkommen und bestimmt noch stärker sein. Aber wir dürften genug Zeit haben, uns darauf vorzubereiten! Ich bin sicher, dass sie irgendwo ihre Rache aushecken.«

Was meine beiden Kameraden angeht, war Pollux überzeugt, dass sie sich, wie ich, an das erinnern würden, was noch nicht stattgefunden hatte – wegen der Abenddämmerungsmilch, die wir am Tag unserer Schlacht getrunken hatten.

»Auch wenn ihre Verwandlung vorher passiert ist, glaube ich, dass das Gegenmittel ausreichen wird, damit sie sich wenigstens an einen Teil der Ereignisse erinnern können.«

»Und die kleine Hexe?«, fragte ich.

»Sie ist während eurer Mission verloschen. Ihr Geist hat euch unterstützt, so gut er konnte, aber sie ist in dem Moment von uns gegangen, in dem die Hexen die Zeit aufgehoben haben. Sie hat mir zum Abschied mitgeteilt, wie glücklich sie darüber war, dass du dich mit ihr vertraut gemacht hast und sie sich mit dir. Sie hat mich auch gebeten, dir auszurichten, dass Planet B 612 ein seltsamer Ort ist und sie sich immer an das Schaf erinnern wird, das du für sie gezeichnet hast.«

Kapitel 17

Warum es von Nachteil ist, einen Roman ausgelesen zu haben

Am nächsten Tag traf ich Nestor und Dédé vor der Bibliothek.

»Seid ihr bereit, ansteckende Leser?«, fragte ich sie.

Nestor kratzte sich am Ohr, bevor er antwortete.

»Und wie! Ich habe mal wieder so einen Leseheißhunger!«

»Wir gönnen uns ein Schmöker-Festessen!«, rief Dédé. »Ich werde alles rausholen.«

Darin erkannte ich genau seine Energie wieder, die uns während der Schlacht so kostbar viel gebracht hatte.

Der Kampf gegen die Hexen war ein seltsamer Zwischenfall gewesen, und nun konnten wir es kaum erwarten, unser Leben von vorher wieder aufzunehmen, das im Wesentlichen aus Lesen bestand.

Wie mein Großvater es vorhergesagt hatte, hatte die Abenddämmerungsmilch bei meinen Freunden etwas weniger stark gewirkt. Einige Episoden waren aus ihrem Gedächtnis gelöscht, aber wie durch Zufall erinnerten sie sich noch an ihre ruhmreichsten Momente. Der eine sprach von dem wachen Verstand, den er im Lauf der Schlacht bewiesen hatte, der andere von seinem heldenhaften Mut, ohne den der Sieg uns entgangen wäre. Jeder von ihnen war überzeugt, eine entscheidende Rolle bei diesem Triumph gespielt zu haben, und letztlich stimmte das auch einigermaßen.

Mitten beim Lesen flüsterte ich Dédé zu:

»Ohne deine Rattenintelligenz wären wir besiegt worden. Aber behalte das alles für dich, damit niemand neidisch wird. Es bleibt unser Geheimnis.«

Und ein paar Sekunden später näherte ich mich Nestor, um ihm anzuvertrauen:

»Ohne deinen Katzenmut, Nestor, wäre natürlich nichts möglich gewesen. Aber du brauchst keinen Groll zu schüren, sag das niemandem weiter. Es bleibt unser Geheimnis.«

Es war seltsam, an den Ort unserer Schlachten und Siege zurückzukehren. Der Preis für die Beste Bibliothekarin Frankreichs stand immer noch gut sichtbar auf Madame Livres Schreibtisch, und als wir in den Lesesaal kamen, war sie damit beschäftigt, mit einem

Fensterleder die Glasscheibe zu reinigen, die ihn beschützte.

»Ich hoffe doch sehr«, sagte sie, »dass ich nächstes Jahr den Preis für die Beste Bibliothekarin Europas bekomme.«

Madame Livre war ehrgeizig. Aber lief sie mit diesem Ehrgeiz nicht Gefahr, den Hass der Bücherhexen zu schüren, die uns wahrscheinlich im Auge behielten?

Ich bot ihr an, ein paar Bücher ins Lager zu bringen, und gebe zu, dass ich sofort anfing, in den Kartons zu wühlen. Ich konnte mich einer kleinen Enttäuschung nicht erwehren, als ich entdeckte, dass sie ausschließlich Bücher enthielten. Aber letztlich war das auch keine Überraschung. Die vertraut gewordene kleine Hexe hatte wieder das Lager derer erreicht, die das Leben lieben und für die es einen Anfang, eine Mitte und ein Ende hat.

Seltsamerweise waren wir darüber, dass wir wieder unseren Normalzustand erreicht hatten, weniger glücklich und erleichtert als erwartet. Aber waren wir überhaupt wieder so ganz normal? Ich konnte diese Sinfonie von Gerüchen, die meine Nase erfüllt hatte, als ich den Gang grub, nicht vergessen und stellte fest, dass die Welt mir ziemlich langweilig vorkam. Was meine linke Hand angeht: Die bewegte sich manchmal ganz von selbst, wie auf der Suche nach einer schön fetten Erde, in die sie einen Tunnel graben könnte. Diese Einzelheiten zogen die Aufmerksamkeit meines Vaters auf sich, der eines Tages, als er aus dem Gartencenter zurückkam, erklärte:

»Ich habe dir Werkzeug gekauft. Du gräbst wohl gerne? Dann grabe ruhig. Das ist eine harmlose Beschäftigung. Und außerdem kommt das gerade recht, denn der ganze Garten ist voller Maulwurfshügel. Wir werden die Viecher aufspüren und vertreiben.«

Das, was von diesem Tier noch in mir steckte, begann zu zittern. Also beschloss ich, einen Teil meiner Freizeit dem Schutz der Maulwürfe zu widmen. Mein Vater fand nie eine Erklärung dafür, warum sie sich so rasch vermehrten.

Dédé hatte ein kompliziertes Leben. Vielleicht erinnerte er sich an sein Entzücken während unseres Sturzes ins Müllbad? Jedenfalls ertappten wir ihn manchmal dabei, wie er in den übelsten Abfällen wühlte. Sein Lieblingstag war der, an dem die Abfalltonnen für die Müllabfuhr vor die Tür gestellt wurden. Dann strahlte er vor Glück. Als wir ihn darauf hinwiesen, dass er sich mit diesem Verhalten Probleme einhandeln konnte, antwortete er:

»Ich versuche ja zu widerstehen, aber am Ende gebe ich doch immer nach. Ich glaube, es liegt in meiner Natur, in Mülleimern zu wühlen.«

»Genau«, sagte ich, »kämpf gegen deine Natur.«

Und Nestor? Der hatte es auch nicht viel leichter.

»Ich schlafe den ganzen Tag, Freunde. Ich mag nur eins: aus dem Fenster gucken. Nichts anderes interessiert mich.«

Es passierte ihm tatsächlich, dass er im Unterricht einschlief, und wenn er aufwachte, dann leckte er sich die Hände und die Arme.

Der Psychologe, zu dem seine Eltern mit Nestor gingen, schrieb diese Veränderungen der Pubertät zu, bemerkte aber:

»Es stimmt schon, dass er für sein Alter recht lange Barthaare hat und sein Blick manchmal etwas … hmmm … etwas Vertikales an sich hat!«

Mit alldem will ich dir sagen, lieber Leser, dass die Tiere, die wir vorher verabscheut hatten, uns nicht mehr so widerwärtig und abstoßend vorkamen. Im Gegenteil, wir empfanden für sie eine gewisse Zuneigung.

Jedenfalls blickten wir an diesem ersten Tag unserer Rückkehr in die Bibliothek stolz auf die Leser, die sich Bücher schnappen konnten, ohne ein Risiko einzugehen.

»Letztlich kann man sagen, dass wir Helden sind«, erklärte Nestor stolz.

»Das Problem ist«, merkte ich an, »dass wir es niemandem sagen können.«

»Es würde uns eh keiner glauben«, schaltete Dédé sich philosophisch ein.

»Das ist das Schicksal der Witch Busters«, sagte ich, »die Welt ganz unauffällig zu retten.«

Wir seufzten alle drei gleichzeitig. In dem Moment tauchte Madame Livre auf.

»Kinder, ich habe lauter neue Bücher für euch bekommen.«

Sie hatte recht: Es war der Zeitpunkt gekommen, unsere Tätigkeit als ansteckende Leser wieder aufzunehmen.

Dank

Ein großes Dankeschön an die Hexen-Bande von Didier Jeunesse. Wenn ihr sie trefft, nehmt euch in Acht! Da ist nichts mit Zauberstäben oder Verhexungen, sondern Lächeln und leuchtende Augen, und zack: Schon seid ihr in Schriftsteller verwandelt.

P.R.

Der Autor

Pascal Ruter wurde 1966 in einem Pariser Vorort geboren; er lebt heute unweit von Fontainebleau. Bevor er Autor wurde, war er Französischlehrer. Ruter schreibt seit jeher, um der Realität zu entfliehen und in einer anderen Welt zu leben. Den Rest seiner Freizeit verbringt er damit, Bass in einer Rockband zu spielen.

Der Illustrator

François Ravard, geboren 1981, hat Werbegrafik studiert und anschließend etwa dreißig Comics und Jugendbücher veröffentlicht. Neben dem Illustrieren von Büchern widmet er sich seit 2018 der Veröffentlichung seiner Aquarellsammlung zum Thema Meer, in der sich Humor und Poesie vereinen.

Die Übersetzerin

Julia Süßbrich studierte Romanistik und Germanistik in Köln, wo sie seitdem lebt und arbeitet. Sie befasst sich mit Kinder- und Jugendliteratur und Leseförderung, zum Beispiel für die Fachzeitschrift *Eselsohr*, und übersetzt Kinder- und Jugendbücher aus dem Französischen, Italienischen und Englischen.